Erotische Herrschaft und Unterwerfung Bd. 9

Erika Sanders
Serie
Herrschaft und erotische Unterwerfung

Erstausgabe: 2025

Zusammenfassung

Dieser Band enthält zwei inhaltliche romantische und erotische BDSM-Titel.

Diese Zusammenstellung enthält die Romane:

- BDSM Ehefrau.
- BDSM Schriftsteller.
- BDSM Bibliothekar.

(Alle Charaktere sind 18 Jahre oder älter)

Anmerkung zum Autorin:

Erika Sanders ist eine international bekannte Schriftstellerin, die in mehr als zwanzig Sprachen übersetzt wurde und ihre erotischsten Schriften, weit entfernt von ihrer üblichen Prosa, mit ihrem Mädchennamen signiert.

Index:

EROTISCHE HERRSCHAFT UND UNTERWERFUNG BD. 9

ERIKA SANDERS

BDSM EHEFRAU

ERSTER TEIL:
20 Jahre Ehe

KAPITEL 1

Es war eine weitere Nacht mit langweiligem Sex.

Aber keiner von ihnen beschwerte sich.

Nach 20 Jahren Ehe war Sex mehr Routine geworden als alles andere.

Rachel ging wieder ins Bett, nachdem sie sich zwischen ihren Beinen gewaschen hatte.

Sie machte das Licht aus, ging unter die Decke und legte sich neben ihren Mann.

"Das war schön", sagte er.

"Es war", antwortete Roger. "Ein bisschen besser seit den Jungs, die aufs College gehen, oder?"

Sie stupste ihn mit ihrem Ellbogen an.

"Was für eine schreckliche Sache, die du sagst."

"Aber du musst zugeben, dass es gut ist, dass wir die Dinge nicht länger ruhig halten müssen. Und wir können die Tür offen lassen."

Rachel dachte einen Moment nach.

"Ich denke schon. Aber ich vermisse sie immer noch so sehr."

"Ich auch."

Sie schloss die Augen.

"Gute Nacht."

"Gute Nacht, Schatz", antwortete er und küsste sie auf die Stirn.

KAPITEL 2

Der nächste Tag war ein typischer Arbeitstag für Rachel.

Sie war Buchhalterin bei einer mittelständischen Wirtschaftsprüfungsgesellschaft.

Mit dem jüngsten Wirtschaftswachstum in der Innenstadt hatte er viel Arbeit für neue Kunden zu tun.

Während des Mittagessens aß sie mit derselben Gruppe von Frauen, die sie in den letzten Jahren gegessen hatte.

Sie sprachen über ihre üblichen Themen: Klatsch, Unterhaltungsnachrichten, Familie, ihre Kinder, neue Rezepte usw.

Sie waren alle beste Freunde und genossen immer die Gesellschaft des anderen.

Es war fast sechs Uhr nachmittags, als Rachel nach Hause kam.

Rogers Auto stand bereits in der Einfahrt.

Als er das Haus betrat, war es besonders ruhig.

Roger sagte immer schnell "Hallo".

Sie rief ihn an, bekam aber keine Antwort.

Als Rachel die Küche betrat, schlang ein Paar Arme von hinten um ihren Körper.

Seine Hände berührten lasziv seine Brust.

Sie schrie laut auf.

"Es ist in Ordnung!" sagte er und ließ sie los. "Ich bin es! Ich bin es!"

Er drehte sich schnell um und sah einen fassungslosen Ausdruck auf Rogers Gesicht.

Er hatte offensichtlich nicht erwartet, dass seine Frau so reagieren würde.

"Gott! Roger! Erschreckst du mich nie wieder so!"

"Wollte dich überraschen".

"Wie war das eine Überraschung?" sie war wütend. "Du hast mich bei Tageslicht erschreckt. Ich dachte, sie greifen mich an!"

"Entschuldigung. Ich habe nur versucht, romantisch zu sein."

"Es ist nichts Romantisches daran, so berührt zu werden."

"Entschuldigung. Ich werde es nicht wieder tun."

Rachel nahm sich einen Moment Zeit, um sich zu beruhigen.

"Ich wollte nicht so wütend werden. Es ist nur, bitte, etwas rücksichtsvoller über deine Überraschungen, okay?"

"Wir haben nie mehr Spaß. Hast du es bemerkt?"

"Bitte Roger, ich bin momentan nicht in der Stimmung dafür."

"Okay", stimmte er besiegt zu.

Rachel drehte sich um und ging ins Schlafzimmer, um sich umzuziehen.

Er setzte sich auf das Bett und seufzte.

KAPITEL 3

Der nächste Tag.

Rachel war am Computer und erledigte ihre Buchhaltungsarbeiten.

Sein Telefon klingelte.

Es war ihr Ehemann.

Sie nahm den Anruf entgegen und als Roger ihr sagte, dass es wichtig sei, sagte sie, sie solle einen Moment warten, während sie nach draußen ging, um mehr Privatsphäre zu haben.

Er fragte sich, worum es bei dem Anruf ging.

Roger rief selten an, während sie bei der Arbeit war.

Er nahm an, dass es nicht an ihrem gestrigen Kampf liegen konnte, weil er ihn in dieser Nacht bereits repariert hatte.

"Ja?" Er sagte, als er draußen war, weg von den anderen Mitarbeitern.

"Lass uns nächste Woche einen Ausflug machen", antwortete er unverblümt. "Es gibt einen ruhigen Ort, an dem wir in Küstennähe fahren können."

"Ich kann es wirklich nicht. Die Dinge sind gerade sehr beschäftigt mit meiner Arbeit."

"Meins ist auch so. Aber wir können ein Loch machen. Wir können nächsten Freitag gehen und das Wochenende bleiben. Nehmen Sie sich einfach einen Tag frei von der Arbeit."

"Aber das ist nicht nötig", antwortete sie und versuchte mit ihm zu argumentieren. "Ich bin nicht sauer auf dich. Haben wir das letzte Nacht nicht geklärt?"

"Es geht nicht um gestern. Es geht um unsere Ehe."

Diese Worte versetzten Rachel einen totalen Schock über den Rücken.

Er hatte immer angenommen, dass ihre Ehe stark war und dass sie Roger alles gab, was er jemals von einer Frau gewollt hatte.

"Ist unsere Ehe in Schwierigkeiten?" Sie fragte.

"Sprich nicht so. Aber es gibt einen Weg, unsere Ehe ... besser zu machen ..."

Ein weiteres Signal lief ihm über den Rücken.

"Worum geht es bei dieser Reise?"

"Ich denke, es gibt jemanden, der uns helfen kann."

"Ein Eheberater?" sie fragte überrascht.

Er blieb einen Moment stehen.

"Ja. So ähnlich. Ein Eheberater."

"Uns geht es nicht so schlecht, oder? Ich dachte ... ich dachte ..."

Rachels Stimme wurde erstickend und ihre Augen tränten.

"Wir machen nichts falsch", antwortete er und versuchte sie zu beruhigen. "Aber ich denke, wir können uns verbessern. Darüber habe ich eine Weile nachgedacht."

"Gut. Wenn du denkst, es ist das Beste."

"Danke Schatz. Es tut mir leid, dass ich dich bei der Arbeit angerufen habe. Es ist eine Last-Minute-Sache. Sie hatte eine Last-Minute-Stelle in ihrem Zeitplan und sie wollte sie ausnutzen."

Rachel hob eine Augenbraue.

"Sie? Ist der Berater eine Frau?"

"Ja."

"Was weißt du über diese Person? Warum müssen wir für sie so weit reisen?"

"Ich werde es später erklären. Aber sie hat einen einzigartigen Ruf. Und ich denke, sie wird Wunder für uns tun."

"Wenn du das willst, dann ist das in Ordnung."

"Ich bin froh, dass Sie dafür offen sind. Wir werden die Details heute Abend besprechen."

"Okay, tschüss."

"Auf Wiedersehen."

Der Anruf wurde beendet und Rachel war mit ihrem Telefon in der Hand verblüfft.

Eine Bombe war auf sie gefallen, aber sie erkannte, dass sie alles tun würde, um ihre Ehe stark zu halten.

KAPITEL 4

Einige Tage spater.

Rachel stand im Zimmer und faltete die Kleidung für die nächste Reise zusammen.

Sie wusste, dass das Wetter heiß werden würde, also packte sie die T-Shirts, Shorts, Sandalen und Badeanzüge, die Roger ihr mitbringen sollte, da sie nahe am Strand sein würden.

Sie wollte nicht gehen, nicht nur, weil die Idee sie Tausende von Dollar kosten würde, sondern weil sie viel Zeit an ihrem Arbeitsplatz verbringen musste, und dieser verschwendete Tag würde ein Tag sein, den sie wieder gutmachen musste.

Aber wenn dies das Beste für seine Ehe war, dann wollte er nicht darüber streiten.

Was ihn am meisten störte, war, dass Roger in Bezug auf die Eheberatung ungewöhnlich kurz und vage war.

In all ihren Ehejahren waren sie immer offen für alles gewesen.

Es hatte nie irgendwelche Geheimnisse gegeben.

Es gab nie Lügen.

Deshalb war ihre Ehe so erfolgreich.

Bis jetzt...

Er fragte sich lange, warum Roger einen Berater sehen wollte.

Was passiert mit unserer Ehe?

Ich fand alles in Ordnung.

Ich fand alles perfekt zwischen uns.

Ist es Sex?

Bin ich nicht mehr gut genug

Willst du noch jemanden?

Hat er eine Affäre?!

Der Koffer war fast voll.

Alles was noch passen musste war der Badeanzug.

In ihrem Schrank war ein altes Paar.

Was sie seit Jahren nicht mehr benutzt hatte.

Er zog sich vor dem Spiegel aus.

Sie sah seinen nackten Körper an.

Die leichten Linien in seinem Gesicht waren gewachsen.

Ihre zuvor sehr frechen Brüste hatten begonnen zu hängen.

Seine Hüften wurden trotz der Aerobic-Übungen dicker.

Die Wahrheit ist, es ist kein Wunder, dass Roger einen Berater sehen möchte.

Sie zog ihren Badeanzug an und posierte damit vor dem Spiegel.

Das wird dir gefallen.

In diesem Moment verließ Roger sein Heimbüro und näherte sich Rachel mit einem Stirnrunzeln.

"Was geschieht?" sie fragte, immer noch in ihrem Badeanzug.

"Ich habe gerade mit meinem Chef telefoniert. Einer unserer Kunden hat gerade eine Klage in Höhe von mehreren Millionen Dollar erhalten. Ich kann diese Reise nicht mehr machen."

Sie sah ihm in die Augen und wusste, dass Roger die Wahrheit sagte.

Ein Hoffnungsschimmer kam Rachel in den Sinn.

Ich war froh, dass die Reise wahrscheinlich abgesagt wurde.

"Das ist sehr schlimm", antwortete sie. "Bedeutet das, dass die Reise abgesagt wird?"

"Es macht keinen Sinn, die gesamte Reise abzusagen, da ich bereits für die Flüge und die Beratungsvereinbarungen bezahlt habe. Sie sollten alleine gehen."

Sie war überrascht.

"Soll ich einen Eheberater alleine sehen? Was bringt das?"

Der Seufzer.

"Rachel, ich liebe dich so sehr. Ich liebe dich mehr als alles andere. Du bist die Liebe meines Lebens."

"Oh Gott, du hast eine Affäre. Bist du nicht? Es gibt noch jemanden, richtig?"

"Nein, das ist nichts dergleichen", sagte er nachdrücklich. "Ich würde dich niemals betrügen. Ich habe es nie getan und ich werde es niemals tun."

"Also, was ist los? In den letzten Tagen warst du bei dieser Reise sehr schwer fassbar. Du warst noch nie so zurückhaltend."

Er seufzte erneut und schüttelte den Kopf.

"Es tut mir leid. Ich war nicht ganz ehrlich zu dir. Ich denke, ich bin nicht so mutig wie ich dachte."

"Sag mir was es ist?"

"Vertraust du mir?"

"Natürlich tust du das. Wenn du eine Affäre hast, sag es mir einfach. Wir können es klären."

"Ich habe keine Affäre, Rachel. Aber ich denke, es muss Änderungen in unserer Ehe geben."

"Bin ich nicht mehr gut genug?" Sie fragte.

"Hör auf so etwas zu sagen. Du bist meine Frau. Ich liebe dich mehr als alles andere."

"Also warum bist du nicht ehrlich zu mir?" gefordert.

Er schüttelte den Kopf.

"Ich versuche ehrlich zu sein. Aber ich kann nicht. Das ist nicht einfach. Vertrau mir, ich wünschte, alles wäre einfach."

"Ich verstehe dich nicht mehr, Roger."

Eine Traurigkeit erschien auf seinem Gesicht.

"Kannst du mir versprechen, dass du noch gehst? Ich weiß, dass es schwer ist, so zu gehen, aber ich würde nicht fragen, wenn ich nicht dachte, dass es helfen könnte, unsere Ehe zu retten."

"Glaubst du, unsere Ehe muss gerettet werden?" sie fragte, Tränen in ihren Augen.

"Bitte mach das nicht schwieriger, Rachel. Kannst du mir versprechen, dass du alleine gehst? Ich möchte, dass du die Beraterin triffst und hörst, was sie zu sagen hat. Hör einfach zu, und wenn es dir nicht gefällt, dann komm nach Hause. Bitte, Ich bitte dich ".

Tränen liefen ihr bereits über das Gesicht.

Rachel verschluckte sich an ihnen und konnte kaum sprechen.

Dann legte sie ihre Arme um ihren Ehemann und umarmte ihn fest.

Er würde seine Ehe nicht verlieren, also war es egal, was es kostete.

ZWEITER TEIL:
Lady Samantha und Frau

KAPITEL 5

Rachel entdeckte einen gut gekleideten Mann, nachdem sie das Flughafenterminal mit ihrem Gepäck verlassen hatte.

Der Mann hielt ein Schild mit seinem Namen darauf.

Sie sprachen und bestätigten die Identität beider.

Sie stieg für ungefähr dreißig Minuten in ihr Luxusauto, bis sie ihr Ziel erreichten.

Sie hoffte, zu einem Bürogebäude zu gelangen.

Aber er war überrascht zu sehen, dass das Ziel tatsächlich ein großes Haus in der Nähe des Strandes war, das eher wie ein Herrenhaus aussah.

Der Besitzer des Ortes war eine sehr reiche Person.

Und der Besitzer war definitiv kein gewöhnlicher Eheberater.

Das Auto hielt in der Einfahrt an.

Der Fahrer ging zum Kofferraum, um das Gepäck zu holen.

In diesem Moment öffnete sich die Haustür der Villa am Strand und eine große, statuenhafte Frau tauchte auf.

Sie sah umwerfend aus, Mitte dreißig, mit langen, welligen Haaren und einem vorbildlichen Körper.

"Du musst Rachel sein", lächelte die Frau. "Ich habe wundervolle Dinge über dich gehört."

"Das bin ich. Und du?"

"Samantha. Willkommen in meinem Haus."

Die beiden Frauen gaben sich herzlich die Hand.

"Was für ein wunderschöner Ort. Ich hatte so etwas sicherlich nicht erwartet."

"Die meisten Leute tun es nicht. Es ist schade, dass Ihr Mann nicht kommen konnte."

"Kennst du meinen Mann?" Fragte Rachel.

"Ich bin geschäftlich viel mit meinem Vater unterwegs und habe Ihren Mann mehrmals gesehen. Aber darüber können wir später mehr sprechen. Ich bin sicher, Sie sind erschöpft. Lassen Sie mich Ihnen zuerst Ihr Zimmer zeigen."

Samantha führte Rachel in Begleitung des Fahrers die Treppe des Herrenhauses hinauf zum Gästezimmer.

Der Fahrer stellte das Gepäck ins Schlafzimmer und ging dann.

Rachel war in einem ständigen Zustand des Staunens, als sie die Villa betrachtete.

Er konnte nicht herausfinden, wie viel das alles wert sein würde.

"Ich lasse dich duschen und dich ausruhen", sagte Samantha. "Die Handtücher sind im selben Badezimmer. Kommen Sie gegen sechs Uhr nachmittags an den Strand. Wir können gemeinsam den Sonnenuntergang beobachten und frischen Fruchtsaft trinken."

"Das klingt köstlich".

Samantha lächelte.

"Bis dann".

KAPITEL 6

Rachel duschte kalt und entspannte sich.

Das Gästezimmer im Haus war besser als jedes Zimmer in einem luxuriösen Hotel, in dem er jemals gewohnt hatte.

Alles war Luxus und Klasse pur.

Er fragte sich, was Roger geplant hatte.

***

Sechs Uhr kam und Rachel kam die Treppe herunter, lässig gekleidet für das warme Wetter, in dem sie waren.

Er ging zum Strand und fand, dass die Aussicht wunderschön war.

Er hatte vergessen, wie schön das Meer sein konnte, besonders während eines Sonnenuntergangs.

Er sah Samantha dort stehen und den Blick auf den Ozean bewundern.

"Sie sind so glücklich, dies jeden Tag genießen zu können", sagte Rachel.

"Tatsächlich."

"Also, was genau machst du hier?"

"Was hat Roger dir gesagt?"

"Leider nicht viel. Nur, dass Sie eine Art Eheberater sind. Aber wie es aussieht, bin ich mir nicht mehr ganz sicher, ob das der Fall ist."

"Ich mache verschiedene Dinge", antwortete Samantha. "Ich mache einige Immobilien- und Jobentwicklungen im Namen meines Vaters. Aber ich mache auch Gefälligkeiten für Menschen. Gefälligkeiten, die ich wirklich gerne anbiete."

"Wie? Eheberatung?"

Samantha zeigte ein schönes Lächeln.

"Das kannst du auch sagen."

"Warum sind alle so faul? Gibt es ein Geheimnis, das ich nicht wissen sollte?"

"Wenn du die Wahrheit wissen willst, habe ich im Laufe der Jahre vielen Paaren geholfen. Geld ist mir egal. Ich mache es zum Vergnügen. Ich helfe gerne."

"Und wie genau helfen Sie diesen Paaren?" Fragte Rachel.

"Wie denkst du? Was ist die Basis einer guten Beziehung?"

"Liebe", antwortete Rachel.

"Sex", zwinkerte Samantha. "Ich helfe Paaren, Sex für sie arbeiten zu lassen."

Rachel war zutiefst geschockt, aber sie ließ sich nicht von ihrem Gesicht zeigen.

Sie war überrascht, dass ihr liebevoller Ehemann von zwanzig Jahren daran dachte, als sie ihm von ihr erzählte.

"Also bist du ein Sexualtherapeut?"

"Ich mag keine Labels", antwortete Samantha. "Aber ich weiß viel über Sex. Ich weiß, was die Leute mögen und wie es verbessert werden kann. Es ist ein natürliches Talent, das ich habe."

"Ich denke nicht, dass das für mich richtig ist. Danke für die freundliche Gastfreundschaft, aber ich sollte gehen. Ich werde den nächsten Flug nach Hause nehmen."

"Du bist gerade angekommen".

"Ich weiss aber..."

"Roger hat mich gewarnt, dass du dir darüber Sorgen machen würdest."

"Hast du mit ihm geschlafen?" Fragte Rachel unverblümt.

"Nein. Vertrau mir, dein Ehemann ist ein treuer Mann. Ich habe ihn nur einmal angesehen und wusste, dass sein Sexualleben sehr schlecht war. Als ich eine Gelegenheit in meinem Zeitplan fand, machte ich deinem Ehemann ein Angebot."

Rachel kniff die Augen zusammen.

"Ja, im Austausch für mehrere tausend Dollar des Geldes meines Mannes, richtig?"

"Wie ich schon sagte, Geld bedeutet mir nichts. Schauen Sie sich um, ich brauche das Geld Ihres Mannes nicht. Aber wenn ich keine Leute in Rechnung stelle, wird eine lange Reihe von Männern vor meiner Tür warten, um kostenlosen Service zu erhalten. . "

"Nun, danke für die Gastfreundschaft. Ich möchte Ihre Zeit nicht verschwenden. Dies ist nichts für mich. Ich werde den nächsten verfügbaren Flug nehmen."

Samantha nickte.

"Das ist vollkommen verständlich. Sie können so lange hier bleiben, wie Sie möchten. Mein Fahrer wird Sie mitnehmen, wann Sie wollen. Ich werde das Geld so schnell wie möglich an Ihren Ehemann zurückgeben."

"Dankeschön."

"Viel Glück mit deiner Ehe", sagte Samantha und wandte ihre Aufmerksamkeit wieder der untergehenden Sonne zu.

Rachel hielt einen langen Moment inne.

"Was weißt du über meine Ehe?"

"Ihr Mann wollte das aus einem bestimmten Grund. Ich weiß also, dass Ihr Sexualleben unglaublich langweilig und eintönig sein muss."

"In der Ehe steckt mehr als nur Sex. Wir lieben uns. Wir sind großartige Partner im Leben."

"Sag dir das immer wieder", antwortete Samantha. "Ihr Mann hat offensichtlich das Gefühl, dass etwas in Ihrer Beziehung fehlt. Aber wenn Sie denken, dass alles perfekt ist, können Sie gehen."

Rachel machte noch eine lange Pause.

"Wenn ich hier bleibe, meine ich, was wird in den nächsten Tagen passieren? Was werde ich hier tun?"

"Wenn du bleibst, werde ich dir die Freuden der Herrschaft und Unterwerfung beibringen. Das ist meine Spezialität. Jemand wie Roger muss sich als der Mann in der Beziehung fühlen. Ich kann dir beibringen, wie man ihm richtig dient."

"Klingt ein bisschen grob."

"Der Sex ist roh. Aber er ist auch wunderschön. Wann hattest du das letzte Mal einen umwerfenden Orgasmus? Die Art, die eine Pfütze zwischen deinen Beinen hinterlässt."

"Ich erinnere mich nicht", antwortete Rachel. Jahre. Vielleicht mehr.

"Armes Ding. Aber ich kann das beheben. Ältere Frauen, insbesondere Frauen, sind eine Spezialität von mir."

"Wir werden nicht ... weißt du ..."

"Wir werden. Wir werden alles zusammen machen."

"Das kann ich nicht", antwortete Rachel. "Das ist verrückt. Ich habe noch nie etwas mit einer anderen Frau gemacht."

"Betrachten Sie dies als eine Lernerfahrung. Außerdem ist es nicht verrückt, wenn Ihr Mann denkt, dass es vorteilhaft ist."

"Sie sind sicherlich sehr aufgeregt über dieses ganze Projekt."

Samantha lächelte.

"Du solltest es auch sein."

"Was nun?"

"Jetzt gehe ich wieder hinein, um mich für das Abendessen fertig zu machen. Mein Koch macht etwas Leckeres. Wenn du bleiben willst, komm zu mir zum Abendessen. Wenn du gehen willst, sprich mit meinem Fahrer."

"Ich möchte bleiben."

"Das Abendessen sollte bald fertig sein. Wir können uns besser kennenlernen. Morgen beginnt der wahre Spaß."

Samantha lächelte erneut.

Dann drehte er sich um und betrat seine große Villa.

KAPITEL 7

Der nächste Tag.

Ein kleiner Teil des Personals servierte ihnen das Frühstück im Freien.

Alles wurde richtig erledigt.

Das Essen war frisch zubereitet.

Die beiden Frauen genossen die Gesellschaft des anderen, während sie frühstückten.

"Daran kann ich mich wirklich gewöhnen", scherzte Rachel.

Samantha zwinkerte ihm zu.

"Wer kocht normalerweise in Ihrem Haus? Ich denke, Sie sind es. Sie scheinen eine sehr domestizierte Frau zu sein."

"Ich bin auf altmodische Weise erzogen worden. Ich komme aus einer langen Reihe weiblicher Hausfrauen."

"Typisch. Sie haben diesen klassischen konservativen Look."

"Ich höre ihm viel zu", sagte Rachel achselzuckend. "Aber aus gutem Grund. Ich liebe es, auf meine Familie aufzupassen. Ich liebe es, die ideale Mutter und Frau für sie zu sein."

Samantha nickte.

"Ich bin sicher, Roger schätzt alles, was Sie rund um das Haus tun."

"Das tut es", antwortete Rachel. "Ich bin sehr glücklich, das zu haben. Die meisten Ehemänner schätzen die Arbeit ihrer Frauen für sie nicht."

"Belohnt Roger dich? Erlaubt er dir, seinen Schwanz zu lutschen?"

"Es tut uns leid?"

"Lässt Roger dich seinen Penis lutschen, als du ein gutes Mädchen warst?"

Rachel war überrascht von dem schlüpfrigen Gespräch während des Frühstücks, besonders vor dem Personal.

Schamloses Reden über Sex schien immer geschmacklos gewesen zu sein.

"Ich glaube nicht, dass es dich etwas angeht", antwortete Rachel.

"Ist das nicht richtig? Ich dachte du wolltest meine Hilfe."

"Ich denke, aber ..."

"Seien Sie ehrlich. Wir sind beide erwachsene Frauen. Und meine Mitarbeiter sind sehr diskret. Ich versuche nur, Ihnen zu helfen."

Rachel seufzte leicht.

"Ich mache es nur manchmal für ihn. Ich mache es nicht wirklich gerne."

"Also, worum geht es in deinem Sexleben mit Roger? Klettert er auf dich, gibt dir ein paar Schaukeln und kommt dann zum Abspritzen?"

"Grundsätzlich."

Samantha hätte fast gelacht.

"Das ist kein großartiges Sexleben. Es klingt eher nach einer Formalität."

"Es funktioniert bei uns."

"Offensichtlich nicht. Roger will dich aus einem bestimmten Grund hier haben. Ich hasse es, dir die Neuigkeiten mitzuteilen, aber Roger ist ein normaler, geiler Junge. Er liebt Sex. Und er liebt es, Blowjobs zu bekommen. Aber er ist zu schüchtern, um seine süße kleine Frau um einen Gefallen zu bitten extra ".

"Du bist anmaßend."

Samantha hob eine Augenbraue.

"Bin ich das? Hat Roger jemals Sex abgelehnt? Sieht er jedes Mal wie ein Highschool-Junge aus, wenn Sie seinen Schwanz lutschen? Sie wissen, dass ich Recht habe. Alle Männer sind gleich, wenn es um Sex geht."

"So bin ich nicht aufgewachsen", sagte Rachel nach einer langen Pause. "Du hast wahrscheinlich Recht mit Roger. Aber ich weiß nicht mehr, wie ich ihm gefallen soll."

Samantha schnippte mit den Fingern und jemand vom Personal brachte ein Sexspielzeug auf ein silbernes Tablett.

Samantha hob es auf und das Personal ging.

Das fleischfarbene Sexspielzeug war wie der Penis eines Mannes geformt.

"Es ist erstaunlich, wie realistisch diese Spielzeuge für Erwachsene geworden sind", sagte Samantha und hielt sie verwundert hoch.

Obwohl sie draußen waren, schien es Samantha nichts auszumachen, einen Dildo zu halten.

Rachel fühlte sich etwas unwohl, obwohl sonst niemand da war.

"Hast du keine Angst, dass jemand vorbeikommt und dich damit sieht?" Fragte Rachel.

"Es ist völlig legal, ein Sexspielzeug im Staat zu haben."

Rachel nickte verlegen.

"Du hast recht."

"Es ist auch nichts Falsches daran, einen zu küssen."

"Was meinen Sie?"

Samantha schüttelte den Dildo leicht.

"Mach schon, gib ihm einen kleinen Kuss."

"Warum?"

"Ich bin neugierig, wie du mit einem Penis im Mund aussiehst."

Rachel sah nervös aus, als Samantha ihr den Dildo reichte, der auf ihr Gesicht zeigte.

Sie stellte sich vor, dass Streiten nutzlos wäre.

Sie war Gast in einem luxuriösen Zuhause.

Sie wusste, dass es unhöflich sein würde, die Anfrage abzulehnen.

Er beugte sich über den Tisch vor und küsste den Kopf des Dildos.

"Jetzt öffne deine Lippen", sagte Samantha. "Nimm es rein."

Rachel fühlte sich unwohl, tat es aber trotzdem.

Sie ließ das Sexspielzeug in ihren Mund gleiten.

Samantha begann den Dildo in Rachels Mund zu schieben und zu ziehen, um Oralsex zu simulieren.

"Ist das alles?", Sagte Samantha und beobachtete sie aufmerksam. "Saugen Sie es. Alles so. Stellen Sie sich vor, es ist Rogers."

Als ich diese Worte hörte, entzündete sich in Rachel ein Feuer.

Sie saugte härter, schneller und härter.

Sie fing tatsächlich an, Oralsex mit dem Dildo zu machen.

Bevor Rachel weitermachen konnte, nahm Samantha den Dildo aus ihrem Mund und Rachel lehnte sich in ihrem Sitz zurück.

"Nicht schlecht", sagte Samantha. "Aber deine Saugfähigkeiten könnten sich ein bisschen verbessern. Wir werden später daran arbeiten. Ich denke, Roger wird sehr glücklich sein, wenn du nach Hause kommst."

"Ich hoffe es", errötete Rachel.

Samantha lächelte.

"Wir haben einen langen Trainingstag vor uns. Lassen Sie uns unser Frühstück beenden und unsere Zeit nutzen."

Sie gingen wieder zum Frühstück.

Rachel sah auf ihr Essen hinunter, dachte aber immer noch an Samanthas letzte Worte.

Ausbildung? Was zum Teufel meinte er damit?

KAPITEL 8

Samanthas Schlafzimmer bestand aus einem großen, geräumigen Bereich.

Und es war einfach, aber elegant.

Die Möbel sahen rustikal und teuer aus.

Der Balkon war offen und hatte einen perfekten Blick auf das Meer.

"Ihr Mann hat mir Ihre Größe und Maße mitgeteilt", sagte Samantha. "Also habe ich dir einen neuen Kleiderschrank gekauft."

In der Mitte des Raumes stand ein Koffer.

Samantha öffnete es und enthüllte eine große Auswahl an Kleidungsstücken, von denen die meisten sehr aufschlussreich waren, und eine große Auswahl an Unterwäsche.

Rachel war verblüfft.

"Ist das alles für mich?"

"Alles in diesem Koffer ist für dich. Ich habe dir auch ein neues Make-up-Set gekauft."

"Was ist los mit meinem Make-up?"

"Nichts, wenn Sie ein Buchhalter sind", antwortete Samantha. "Aber wenn Sie Ihrem Mann eine konstante Erektion geben wollen, müssen Sie sich etwas mehr anstrengen."

"Roger mag es, wie ich ihn mag."

"Du bist eine sehr hübsche Frau. Ich bin sicher, Roger hält dich für die schönste Frau der Welt. Aber manchmal wollen Männer nur eine schmutzige Hure im Schlafzimmer. Das sind die Fakten."

Rachel machte eine Pause.

"Ich bin nicht mehr gerade eine junge Frau."

"Es ist absolut nichts falsch mit Frauen in deinem Alter. Jeder liebt ältere Frauen. Ich verehre ältere Frauen."

"Also was machen wir?"

"Es ist gut, eine richtige primitive Hausfrau zu sein. Aber es ist auch gut, ab und zu eine schmutzige kleine Schlampe im Schlafzimmer zu sein. Das werde ich dir beibringen."

Rachel holte tief Luft.

"Gut. Ich bin offen für alles, was du zu sagen hast."

"Gut. Jetzt zieh dich aus."

"Entschuldigung?"

"Zieh dich aus. Zieh dich aus. Alles."

"Warum?"

"Ich dachte du sagtest du bist offen", sagte Samantha mit einer hochgezogenen Augenbraue. "Wenn du meine Hilfe willst, dann hör zu, was ich zu sagen habe."

Rachel war bereits klar, dass das Streiten mit Samantha niemals eine gewinnbringende Strategie war.

Sie holte tief Luft, um ihren Mut zu fassen, und zog zögernd ihre Kleidung aus, faltete jedes Kleidungsstück vorsichtig zusammen und legte es auf das nahe gelegene Bett.

Es war ein bisschen peinlich für Rachel, sich vor Samantha auszuziehen, da ihr Körper alterte und Samantha sehr jung und fit war.

Aber Rachel sagte sich, es sei, als würde sie sich vor dem Arzt ausziehen.

Samantha hatte wahrscheinlich viele nackte Frauen in ihrem Alter gesehen.

Sie hat alles gesehen.

Wenn diese Reise vorbei ist, werde ich sie nie wieder sehen müssen.

Wen kümmert es also, wenn sie mich nackt sieht?

Sie zog sich alle Kleider aus und am Ende war Rachel vor einer viel jüngeren und attraktiveren Frau völlig nackt.

"Sehr weiblich und wunderschön", sagte Samantha mit einem kleinen Hinweis, als sie nickte.

"Also denkst du?"

"Wie ich schon sagte, ich verehre ältere Frauen. Und ich liebe Hausfrauen. Ich denke, Sie sind äußerst attraktiv."

Rachel zuckte die Achseln.

"Und was kommt als nächstes?"

"Folge mir."

Samantha führte Rachel zur Kommode.

Rachel saß vor dem großen Spiegel und einem Tisch voller Markenschönheitsprodukte.

Sie sahen beide Rachels oben ohne Spiegelbild im Spiegel an.

Also wischte Samantha mit einer feuchten Serviette Rachels Make-up ab, bis ihr Gesicht sauber war.

Die Falten und Alterslinien auf Rachels Gesicht waren deutlicher geworden.

"Du hast so eine natürliche Schönheit, Rachel. Du bist so hübsch."

"Dankeschön."

"Aber wir interessieren uns im Moment nicht für Schönheit", sagte Samantha. "Wir interessieren uns für sexy. Bist du bereit dafür, Rachel?"

"Ich glaube schon."

"Lasst uns beginnen."

Samantha machte sich sofort an die Arbeit, um die Kosmetik aufzutragen.

Sie trug gekonnt eine Schicht Rouge, Lidschatten, Mascara, Eyeliner und einen hellen roten Lippenstift auf.

Sekunde für Sekunde beobachtete die zurückhaltende Hausfrau, wie sich ihr Aussehen veränderte.

Als sie fertig war, konnte Rachel sich kaum wiedererkennen.

"Wie wäre es mit?" Fragte Samantha stolz auf ihre Arbeit.

"Es sieht aus ... es sieht aus ... interessant ..."

Samantha tätschelte der Frau die Schultern.

"Du wirst dich daran gewöhnen. Denk nur daran, das ist nur für dich und Roger. Nicht für andere."

"Ich verstehe es."

"Jetzt lass uns dich anziehen, okay?"

Rachel stand auf und folgte Samanthas Schritt in den großen Raum.

Samantha griff in den Koffer und zog eine dünne rote Robe heraus.

"Probier das an", sagte Samantha. "Und sieh dich im Spiegel an."

Rachel betrachtete ihr nacktes Spiegelbild im Spiegel, als sie ihren Bademantel anzog.

Es war spärlich, dünn und klein.

Vor allem war es halbtransparent.

Die Farbe ihrer Brustwarzen und Schamhaare war vollständig sichtbar.

"Es ist ein bisschen aufschlussreich, nicht wahr?" Rachel sprach aus, was offensichtlich war.

"Das ist die Idee. Wenn du zu Hause bist, möchte ich, dass du das immer für Roger trägst. Es wird eine glücklichere Ehe."

"Soll ich immer praktisch nackt sein?"

"Denk darüber nach, würde Roger mit dir streiten, während deine Brustwarzen freigelegt sind?"

"Das ist sicherlich eine lustige Art, Dinge zu betrachten", antwortete Rachel mit einem Kichern.

Samantha lächelte.

"Ich habe im Laufe der Jahre vielen Paaren geholfen. Vertrauen Sie mir, ich weiß, wovon ich spreche."

Die beiden Frauen lächelten sich spielerisch an, bevor sie weitere Outfits anprobierte.

KAPITEL 9

Später an diesem Tag.

Rachel war in einem Zustand tiefer Entspannung.

Ich war allein mit einer ausgebildeten Masseuse im Spa-Raum.

Ihre Gedanken wanderten weg, als ihr Rücken eine fachmännische Massage bekam.

Es war Glückseligkeit.

"Ich bin froh, dass du Spaß hast", sagte Samantha und betrat das Spa.

"Das ist himmlisch."

"Eine gute Massage ist immer himmlisch. Es tut mir leid, Sie zu unterbrechen, aber ich habe gerade mit meinem Vater telefoniert. Etwas ist passiert."

Rachel setzte sich auf, um die Nachrichten zu hören.

Ihre Brüste zeigten sich, aber es war ihr egal.

"Alles ist gut?" Sie fragte.

"Alles ist in Ordnung. Aber mein Vater hat ein wichtiges Abendessen mit mehreren seiner Geschäftspartner, und er möchte, dass ich mich ihm anschließe. Er möchte, dass ich Bescheid weiß. Außerdem bin ich großartig darin, Gäste zu unterhalten."

"Ich sollte gehen?" Fragte Rachel und fürchtete heimlich das Schlimmste.

"Nein, nein. Aber ich bin mir nicht sicher, wann ich zurück sein werde, also mach es dir bei mir bequem. Ich habe das Personal bereits angewiesen, dir ein schönes Abendessen zu machen. Mach danach, was du willst. Es gibt Bücher, Filme, Musik, Was auch immer Sie wollen. Meine Mitarbeiter helfen Ihnen bei allem, was Sie brauchen. "

"Danke, Sie sind sehr freundlich."

Samantha hob eine Augenbraue.

"Wenn Sie Lust auf etwas Provokativeres haben, probieren Sie die DVD-Sammlung in meinem Zimmer aus. Wer weiß, vielleicht sehen Sie etwas, das Ihnen gefällt."

"Ich werde das im Hinterkopf behalten", antwortete Rachel, unsicher, wie sie die Anspielung interpretieren sollte.

"Viel Spaß. Ich werde versuchen, bald wiederzukommen."

"Du hast eine gute Nacht."

Samantha lächelte böse und ging.

KAPITEL 10

In derselben Nacht.

Das luxuriöse Herrenhaus sah ohne seinen Besitzer etwas langweilig aus.

Nach einem frühen Abendessen beobachtete Rachel den Sonnenuntergang und erkundete das Haus noch einmal.

Er warf einen Blick auf das, was er für die Heimkino- und Musiksammlung hatte, aber nichts interessierte ihn sehr.

Jetzt sah er im Wohnzimmer fern.

Die Nachrichten waren das einzige, was ihn interessierte.

Er fragte sich, wie es Roger ging.

Sie fragte sich, ob Roger sie vermissen würde.

Langeweile kam.

Es war elf Uhr nachts und Rachel beschloss, ins Bett zu gehen.

Auf dem Weg zu seinem Zimmer kam er an Samanthas Zimmer vorbei.

Die Tür stand weit offen.

Das Angebot, ihre privaten DVDs anzusehen, war Rachel noch in den Sinn gekommen.

Warum nicht?

Sie lud mich in ihr Zimmer ein, um nachzuschauen.

Rachel betrat das Hauptschlafzimmer und ging zum großen Fernseher.

Die DVDs waren nicht schwer zu finden.

Es gab mehr als 200 DVDs, schätzte er.

Alle DVDs waren hausgemacht.

Auf jeder DVD stand ein Name und ein Datum.

Rachel schaltete den Fernseher und den DVD-Player ein.

Sie wählte eine zufällige DVD mit dem Titel: Joseph 03-07-2018

Die DVD begann und Rachel setzte sich auf das Bett.

Sie war überrascht von dem, was sie sah.

Ein nackter Mann erschien auf dem Bildschirm.

Er war mittleren Alters und in normaler Verfassung.

Er hatte das Gesicht eines erfolgreichen Geschäftsmannes.

Sein Penis war klein und schlaff.

Er sah schüchtern aus.

Er sah direkt in die Kamera.

Er stand in einem Gästezimmer.

Der Mann gab seinen Namen, sein Alter und seinen Beruf als Immobilienentwickler an.

Die Szene fühlte sich sehr seltsam an und machte Rachel extrem unangenehm.

Er konnte nicht verstehen, warum Samantha so eine DVD haben würde.

Rachel stand auf und wollte gerade die DVD ausschalten, als sie plötzlich Samanthas Stimme aus dem Fernseher hörte.

Er fing an, den nackten Mann herumzukommandieren.

Rachel setzte sich wieder hin, um weiterzusehen.

Der nackte Mann auf dem Bildschirm streichelte sich.

Sein kleiner Penis wurde etwas größer und steifer.

Der Mann kniete nieder, als Samanthas Stimme ihn befahl.

Samantha erschien auf dem Bildschirm und Rachel schnappte fast nach Luft.

Samantha erschien in dem Video in einem engen Lederkorsett und zeigte ihre Arme und Beine.

Zwischen Samanthas Beinen war ein langer Dildo festgeschnallt, der mindestens 20 cm lang gewesen sein musste.

Samantha stand vor dem knienden Mann und der Mann begann begeistert den Penis aus dem Gürtel zu saugen.

Das einzige, was Rachel tun konnte, war fast geschockt zu starren.

Ich war völlig ungläubig, dass Samantha so etwas mit einem Mann machen würde.

Ihr Instinkt sagte ihr, sie solle die DVD ausschalten, aber sie konnte nicht.

Der Bildschirm war hypnotisch geworden.

In dem Video befahl Samantha dem Mann, aufzustehen und sich über das Bett zu beugen.

Er tat es mit Begeisterung.

Samantha trug dann eine große Menge Schmiermittel auf das Sexspielzeug auf und stellte sich hinter den Mann.

Rachel schnappte nach Luft, als sie sah, wie Samantha in den Mann eindrang.

Es war alles, was Rachel ertragen konnte.

Er stand auf und schaltete die DVD aus.

Als er die DVD wieder in die Sammlung einbaute, sah er ein weiteres Video mit der Bezeichnung Anna 05-23-2019.

Es wurde erst vor wenigen Monaten aufgenommen und die Protagonistin muss eine Frau gewesen sein.

Rachel war neugierig, spielte das Video ab und setzte sich wieder aufs Bett.

Das Video zeigte eine reife, nackte Frau.

Die Frau war Anfang fünfzig.

Offensichtlich eine Hausfrau.

Das Video wurde ebenfalls im selben Raum aufgenommen, aber diesmal hielt Samantha die Kamera in der Hand und sprach mit der Haushälterin.

Samantha befahl der Frau, sich zu knien und in Samanthas Muschi zu kriechen.

Die Frau führte gekonnt Oralsex an Samanthas glatt rasierter Muschi durch.

Rachel war überwältigt von der Lust, Samanthas privates Sexvideo zu Hause zu sehen.

Er griff nach unten und berührte sich, als er zusah.

Sie fing an mit ihrer Muschi zu spielen.

Lesbismus und Unterwerfung waren nie ihre Fantasien, aber Samanthas Heimvideos hatten etwas Faszinierendes.

Rachel rieb sich weiter die Muschi, bis das Video endete.

Dann spielte er ein weiteres Video, diesmal von einem Paar.

Die Zeit verging wie im Fluge und Rachel hatte bereits ein paar weitere Videos gesehen.

Sie kam kraftvoll und schaute sich hausgemachte Pornos an.

Es war lange her, dass sie einen so guten Orgasmus gefühlt hatte.

Sie schloss die Augen, um sich eine Weile auszuruhen.

***

Rachel erwachte mit dem Gefühl eines Fingers, der ihre Haut rieb.

Seine Augen weiteten sich.

Es war noch Nacht.

Sie sah auf und sah Samantha mit einem Lächeln im Gesicht über sich stehen.

"Ich sehe, du hast meine Sammlung genossen", lächelte Samantha.

Rachel bedeckte schnell ihre Muschi.

"Oh Gott. Es tut mir so leid. Ich muss eingeschlafen sein."

"Es gibt nichts, worüber man sich entschuldigen müsste. Sie haben etwas gefunden, das Ihnen gefällt. Jetzt sind wir bereit für den nächsten Schritt."

Beide Frauen sahen sich in die Augen.

Es gab einen kurzen Moment der Stille zwischen ihnen.

Und es gab auch ein ruhiges Verständnis dafür, dass die Dinge viel interessanter werden würden.

DRITTER TEIL:
Sklaverei ist unser Vergnügen

KAPITEL 11

Das Frühstück war für Rachel am nächsten Morgen fast unangenehm.

Es war das erste Mal in ihrem Leben, dass sie beim Masturbieren erwischt wurde.

Ich hatte ein Gefühl der Schande und des Unbehagens.

"Sie müssen viele Fragen haben", sagte Samantha.

"Etwas."

"Sei nicht schüchtern. Lass uns auf dich hören."

"Was genau hast du in diesen Videos gemacht?" Fragte Rachel.

"Unterschiedliche Menschen haben unterschiedliche Fetische. Das ist eine Tatsache der menschlichen Sexualität. Ich biete einfach einen Dienst für diese Fetische an."

"Bist du eine Art Domina oder wie auch immer du es heutzutage nennst?"

Samantha lächelte.

"Wenn ich sein will. Oder wenn jemand meine Hilfe braucht."

"Du rufst diese Hilfe an?" Fragte Rachel und hob die Stirn.

"Natürlich tue ich das. Hast du gesehen, wie viel diese Leute gekommen sind?"

Rachel fühlte sich plötzlich schüchtern.

"Warst du ... ähm ..."

"Mach weiter. Frag einfach. Ich werde nicht beißen."

Rachel holte tief Luft.

"Hast du darüber nachgedacht, mir oder Roger eines dieser Dinge anzutun? War das die ganze Zeit der Plan? Will Roger von einer Leine verwöhnt werden? Will er mir zusehen, wie ich mit einer Frau Oralsex mache?"

"Das sind die großen Fragen, oder?"

"Wirst du mir eine Antwort geben?"

Samantha machte eine lange dramatische Pause, als sie an dem frisch gepressten Saft nippte.

"Die Antwort ist diese", antwortete Samantha. "Ihr Mann hat keine Ahnung, was er will. Er weiß, dass er ein besseres Sexleben will. Er weiß, dass er nicht jede Woche Sex mit einer emotionslosen Frau haben will."

"Roger hat mich eine emotionslose Frau genannt?" Fragte Rachel mit verletzten Gefühlen.

"Nicht in diesen Worten. Aber so wie er sein Sexualleben beschrieben hat, könntest du genauso gut emotionslos sein."

"Also, was glaubst du, will Roger? Damit ich unterwürfig bin wie die Frauen in deinen Videos?"

"Vielleicht. Dafür war diese Reise gedacht. Leider hat er auf sich selbst aufgepasst und ich kann ihm nicht helfen. Aber zum Glück bist du hier."

"Betrügst du mich?"

"Nein, ist er nicht. Ich kann sagen, dass er es nicht tut. Aber er ist kurz davor, es zu tun. Der Sex, den Sie anbieten, ist für einen Mann wie ihn unangemessen."

"Das muss ich tun?" Fragte Rachel.

"Tu, was ich dir sage. Zieh dich an, wie ich es dir befohlen habe. Saug seinen Schwanz, wie ich es dir beigebracht habe. Tatsächlich erwarte ich, dass du ihm jeden Morgen vor der Arbeit einen Blowjob gibst und wieder, wenn er nach Hause kommt. Keine Ausreden." nicht zu ".

Rachel nickte.

"Ich kann das machen."

"Aber es gibt noch mehr zu lernen. Oralsex löst nicht alles, ob Sie es glauben oder nicht."

"Und was ist das?"

Samantha warf ihm einen schlauen Blick zu.

"Wir müssen es nach dem Frühstück herausfinden."

KAPITEL 12

Es lag eine spürbare Spannung in der Luft, als Rachel Samantha in ein privates Zimmer in der Villa folgte.

Das Zimmer hatte schlichte Wände und einfache Möbel.

Es gab ein kleines Bett, nur zwei Fuß hoch.

Das Bett war einfach bedeckt, keine Decken oder Kissen, nur ein Laken.

"Verschwenden wir keine Zeit", sagte Samantha. "Ihr Mann will eine unterwürfige Frau. Tief im Inneren sehnen Sie sich nach einer dominanten sexuellen Figur."

"Ich bin völlig anderer Meinung", sagte Rachel fest.

"Oh?"

"Ich glaube nicht, dass Roger mich so will. Und ich habe sicherlich meine Grenzen. Ich hatte immer das Gefühl, dass eine richtige Beziehung auf Gleichheit basiert."

"Auch beim Sex?"

"Ja."

Samantha leckte sich die Lippen.

"Sie müssen heute viel lernen."

"Ich werde offen sein für das, was Sie vorschlagen."

Samantha nickte.

"Ich habe dich aus einem bestimmten Grund hierher gebracht. Dies ist ein Raum für Anfänger. Du bist noch nicht bereit für den Bondage-Raum."

"Klingt einschüchternd."

"Auf eine gute Weise einschüchternd. Aber jetzt werden wir uns mit diesem Raum zufrieden geben, weil es nach einer Katastrophe leicht zu reinigen ist."

"Was soll das bedeuten?" Fragte Rachel.

"Es bedeutet, dass ich dich kommen lassen werde. Auf die richtige Weise. Ich werde dir zeigen, wie sich ein echter Orgasmus anfühlt."

"Samantha, ich schätze alles, was du für mich tust, aber ich denke wirklich nicht, dass es notwendig ist."

"Natürlich tue ich das", antwortete Samantha fest. "Du kannst nicht wirklich unterwürfig werden, wenn du nicht die Freuden davon gespürt hast. Wir werden langsam anfangen. Ich werde dir einen neuen Lebensstil ermöglichen."

Rachel war beeindruckt von dem Wort Lebensstil.

Die Dinge sollten interessanter werden.

Und er war neugierig zu wissen, wohin die Dinge gingen.

"Gut", antwortete sie. "Ich werde nicht streiten. Ich werde mich nicht beschweren. Ich werde tun, was Sie fragen."

"Ich möchte deinen Hintern sehen. Ich möchte, dass du von der Taille abwärts nackt bist. Dann leg dich auf das Bett. Halte deine Füße auf dem Boden."

Rachel war besorgt über die Anfrage.

Aber sie tat es trotzdem, da sie gesagt hatte, sie würde es tun, ohne zu streiten.

Sie zog alles aus, ließ ihren Hintern frei und legte ihre Kleidung vorsichtig auf das Bett.

Jetzt stand sie mit ihrem mäßig behaarten Busch Samantha ausgesetzt.

Dann legte er sich mit den Füßen noch auf dem Boden auf das kleine Bett.

"Du musst dich später rasieren", sagte Samantha und sah auf die Schamhaare.

"Meinem Mann gefällt es."

"Rasiere dich heute. Mach dir keine Sorgen, es wird nachwachsen."

Rachel verdrehte die Augen.

"Offensichtlich."

"Jetzt spreize deine Beine. Weit."

Rachel tat es.

Sie spreizte ihre Beine und gab Samantha einen klaren Blick auf ihre Muschi.

Sie fühlte sich unsicher, als sie einer schönen jungen Frau ihre reife Muschi zeigte, aber sie vermutete, dass dahinter ein Zweck steckte.

"Jetzt glücklich?"

"Schöne Muschi", schätzte Samantha. "Es ist niedlich."

"Wirst du da stehen und es dir ansehen?"

"Natürlich nicht. Wenn es dir nichts ausmacht, werde ich deine Beine ans Bett binden, bevor ich dich kommen lasse. Entspann dich, ich verspreche dir, dass du es genießen wirst."

Samantha griff unter das Bett nach etwas und zog ein Seil heraus, mit dem sie Rachels Knöchel an gegenüberliegenden Pfosten auf dem Bett festband.

Er hat alles mit fachmännischer Präzision gemacht.

Es war klar, dass Samantha eine Expertin für Seile und Bondage war.

Als er fertig war, waren Rachels Beine im Adlerstil gespreizt, gefesselt und ihre Muschi war weit offen.

Ein lautes Summen hallte durch den Raum.

"Was zum Teufel ist das?" Fragte Rachel und sah Samantha an.

Samantha hielt ein großes vibrierendes Sexspielzeug hoch, das aussah und klang wie ein Elektrowerkzeug.

Das Gerät hatte ein vibrierendes Oberteil, das die Klitoris einer Frau stimulieren sollte.

"Das wird dein Leben zum Besseren verändern. Jetzt entspann dich."

Rachel lag mit großen Augen auf dem Bett.

Das Ding kam zwischen ihre Beine.

Samantha sah aus, als würde sie einen medizinischen Eingriff mit dem starken Vibrationsgerät durchführen.

Das vibrierende Oberteil rückte näher an die freiliegende Muschi heran.

Der starke Vibrator berührte die Spitze von Rachels Kitzler.

"Aaahhhh !!!!" Die reife Hausfrau schrie vor Schmerz.

Samantha zog sich für einen Moment zurück.

"Entspann dich. Entspann dich, Schatz. Entspann dich einfach, während ich auf dich aufpasse."

Die starke Vibration wurde in die Klitoris zurückgebracht.

Rachel schrie erneut.

Er hätte Samantha bitten können aufzuhören.

Sie hätte sich setzen und Samantha schieben können.

Sie hätte kämpfen können.

Aber sie tat es nicht.

Rachel legte sich einfach zurück auf das Bett und nahm die intensive Stimulation auf.

Obwohl es schmerzhaft war, gab es auch einen kleinen Anflug von Vergnügen.

Das Vergnügen wuchs und wuchs.

Rachel fuhr mit der Angst fort, versuchte aber, ihren Körper zu entspannen.

Sie akzeptierte das starke Gefühl.

Seine Beine zuckten und kämpften gegen das Seil, aber nein, das war nutzlos.

Seine Beine konnten sich nicht bewegen.

Die Empfindung in seinem Körper war in Konflikt.

Sie wollte widerstehen, aber sie wollte auch zulassen, dass die Gefühle fließen.

Sie stöhnte und zitterte weiter auf dem Bett.

Samantha drückte ihre Handfläche über den Körper der Hausfrau.

Dann drückte er das vibrierende Sexgerät fest gegen ihre Klitoris.

Die Stimulation war unwirklich.

Die reife Hausfrau schrie vor Qual und Vergnügen.

Seine Beine kämpften mit aller Kraft gegen das Seil.

Es war eine verlorene Schlacht.

Als Samantha zwei Finger in ihre Muschi steckte, kam Rachel heraus.

Sie rannte und rannte.

Sie spritzte und spritzte ihre Säfte.

Es war ein nasser Orgasmus, der überall ein echtes Chaos verursachte.

Rachels Rücken krümmte sich heftig.

Seine Zehen kräuselten sich.

Er machte seltsame Gesichter, die für eine Weile fast nicht wiederzuerkennen waren.

Dann wurde sein Körper völlig schlaff.

Samantha schaltete das Gerät aus und lächelte bei ihrer Arbeit.

Er senkte das Gerät und löste die Knöchel der Hausfrau.

Er setzte sich auf das Bett und rieb sich Rachels Haare, als er bemerkte, wie schön sie aussah.

"Kämpfe noch nicht ums Reden", sagte Samantha und rieb sich immer noch Rachels Haare. "Entspann dich einfach. Genieße deine Glückseligkeit. Ich bin sicher, deine Klitoris muss jetzt weh tun."

Rachel nickte.

"Ja."

"Ruhe dich aus. Lass deine Klitoris heilen. Wir werden das Training später heute fortsetzen."

Samantha beugte sich vor, um Rachel auf die Stirn zu küssen, dann auf die Wange, dann auf die Lippen.

KAPITEL 13

Die Zeit verging langsam.

Sie aßen zusammen zu Mittag und sprachen über normale Dinge.

Eine Freundschaft wuchs zwischen ihnen.

Das Thema Sex war nicht wieder aufgetaucht, und Rachels Kitzler hatte genug Zeit, um sich von dem Vibrationsangriff zu heilen.

Rachel machte am Nachmittag ein Nickerchen und als sie aufwachte, lag ein wunderschönes schwarzes Kleid auf ihrem Bett.

Ein Paar hochhackige Schuhe lag ebenfalls auf dem Bett.

Auf der Oberseite des Kleides befand sich eine handschriftliche Notiz.

Die Notiz lautete:

„Nimm eine gute lange Dusche. Dann trage dein Make-up auf, wie ich es dir beigebracht habe. Und dann zieh das Kleid und die Absätze mit nichts anderem darunter an.

Wir werden uns unten um sechs Uhr nachmittags im Sklavenraum treffen. Die Tür wird entriegelt".

Die Notiz wurde von Samantha unterschrieben.

Ein Kribbeln wuchs zwischen ihren Beinen.

Rachel stand auf und duschte.

Sie trocknete sich ab und betrachtete ihr nacktes Spiegelbild im Spiegel, bevor sie sich schminkte.

Sie trug jedes kosmetische Produkt genau so auf, wie Samantha es ihr beigebracht hatte.

Rachel zog das Kleid vor dem Schlafzimmerspiegel an.

Das Kleid war elegant und sexy.

Sie staunte über ihr Spiegelbild.

Sie schien eine ganz andere Frau zu sein.

***

Er kam genau um sechs Uhr nachmittags die Treppe herunter und ging dann den Flur hinunter.

Es war leicht zu erkennen, wo sich der Sklavenraum befand.

Es war der einzige Raum in der Villa, in dem die Tür immer geschlossen war.

Jetzt war die Tür offen und er schien sie anzurufen.

Der Bondage-Raum schien im Vergleich zum Rest des Hauses langweilig.

Es war ein mittelgroßer Raum ohne Wert.

Es gab einige Tische und Stühle.

Es gab andere interessant aussehende Gegenstände, wie ein Seil, das von der Decke baumelte, und seltsam aussehende Geräte, die grob aussahen.

Rachel ging ins Zimmer und ließ ihre Augen über sich schweifen.

Die Vorfreude wuchs.

"War es das, was du erwartet hast?" Sagte Samanthas Stimme von hinten.

Rachel drehte sich um und sah Samantha in einem roten Lederkorsett und schwarzen Stiefeln.

Sie zeigte ihre straffen Arme und Beine und ihr Haar wurde zurückgezogen.

Sie war wie eine echte Domina gekleidet.

Samantha schloss dann die Tür.

"Ich hatte ein bisschen länger gehofft, um ehrlich zu sein", sagte Rachel und versteckte ihre Nerven.

"Die meisten Leute erwarten mehr von meinem Bondage-Raum. Aber ich bevorzuge Einfachheit. Ich mag dieses Element der Überraschung."

"Was meinen Sie?"

"Ich mag es, dass die Leute diesen Raum unterschätzen", lächelte Samantha. "Außerdem ist es unerheblich, welche Art von Spielzeug und Geräten verwendet wird. Es ist die Bereitschaft, sich zu unterwerfen, und die dominierende Macht über das Unterwürfige, die eine gute erotische BDSM-Beziehung ausmacht. Nicht das Spielzeug."

Rachels Hände deuteten auf den Raum.

"Doch hier sind wir."

"Versteh mich nicht falsch", sagte Samantha und ging zur Haushälterin. "Ich liebe es, Spielzeug zu benutzen. Und ich liebe auch Saiten. Sie stärken meine Macht über Unterwürfige in vielerlei Hinsicht."

"Was wirst du mir tun?"

Samanthas Augen sahen die Hausfrau von oben bis unten an.

"Ich habe vergessen zu erwähnen, wie schön du in diesem Kleid aussiehst. Es passt perfekt zu dir und zeigt all deine Kurven. Und dein Make-up, ich bin beeindruckt. Du lernst schnell."

"Danke. Du siehst ... ähm ... attraktiv in diesem Outfit aus."

"Ich versuche immer mein Bestes zu geben."

"Also, was wirst du mit mir machen?" Fragte Rachel erneut, fast verzweifelt zu wissen.

Samantha trat vor und legte ihre Lippen an das Ohr der Hausfrau.

"Ich werde dich fesseln", sagte Samantha leise. "Dann werde ich dich immer und immer wieder kommen lassen. Du gehörst deinem Ehemann. Aber heute Nacht gehörst du mir. Deine Muschi gehört mir. Und deine Orgasmen auch mir."

Rachels Augen weiteten sich.

"Oh. Ich ... äh ..."

"Ich nehme an, Roger hat dich nie gefesselt."

"Noch nie."

"Perfekt. Ich liebe es, jemandes erster zu sein. Sei still."

Rachel blieb schüchtern in ihrem teuren Kleid stehen, als sie sah, wie Samantha ein Gerät an der Wand drehte.

Das Seil, das von der Decke hing, senkte sich zu Rachel.

"Wirst du mich damit fesseln?" Fragte Rachel.

"Gibt es ein Problem?"

Rachel schüttelte nervös den Kopf.

"Nicht."

"Gut. Jetzt gib mir deine Puppen."

Samantha benutzte das weiche Seil und band gekonnt Rachels Handgelenke fest.

Der Knoten war eng.

Rachels Hände waren gebunden.

Er leistete keinen Widerstand.

Nachdem sie das Seil gebunden hatte, ging Samantha zurück zur Wand und drehte das Gerät in die entgegengesetzte Richtung.

Dies führte dazu, dass sich Rachels Hände über ihren Kopf erhoben.

Nichts zu schmerzhaft, aber genug, um Rachel davon abzuhalten, sich zu bewegen.

"Gemütlich?" Fragte Samantha mit einem halben Lächeln.

Rachel zitterte fast, als sie mit gefesselten Händen über dem Kopf stand.

"Meine Handgelenke tun weh."

"Es tut weh, weil du kämpfst. Entspann dich. Gib dich mir."

Samantha öffnete eine nahe gelegene Schublade und suchte hinein.

Er zog ein Messer heraus und ging langsam mit einem bösen Lächeln zu Rachel, wobei er mit dem scharfen Gegenstand winkte.

"Oh mein Gott!" Rachel schnappte ängstlich nach Luft und dachte, dass etwas Schreckliches passieren würde. "Bitte nicht! Mein Gott! Mein Gott!"

"Sei nicht albern. Ich werde dich nicht verletzen. Nun, nicht der schlechte Weg."

Samantha trug das Messer oben auf Rachels Kleid.

Dann schnitt sie ab und teilte das Kleid in zwei Hälften.

Samantha stellte das Messer auf einen Tisch in der Nähe, teilte dann die Oberseite des Kleides und legte Rachels zwei runde Brüste frei.

"Jetzt siehst du aus wie eine echte Hure", lächelte Samantha. "Versautes Make-up, hübsches Haar, teure Absätze und ein zerrissenes Kleid, das deine alten schlaffen Titten freilegt. Alle Anzeichen einer Hure. Stimmst du nicht zu?"

Rachel nickte nervös.

"Ja."

"Ich halte mich immer an die Vier-Zoll-Regel. Sag mir, wie groß ist der Penis deines Mannes?"

"Ungefähr vier Zoll", gab Rachel zu.

"Roger ist fünf Zoll lang, also füge ich weitere vier Zoll hinzu. Das sind insgesamt neun Zoll."

Samantha öffnete eine weitere Schublade, um einen 8-Zoll-Dildo aufzunehmen.

Sie sah ihn an und staunte über die Größe.

Dann legte sie einen Riemen um ihren Schritt und zog den 10-Zoll-Dildo an.

"Wirst du das in mich stecken?" Fragte Rachel nervös.

"Ich werde dich damit verarschen", antwortete Samantha und schmierte das Sexobjekt. "Hattest du jemals Sex im Stehen?"

"Nicht."

"Noch ein erstes Mal."

Samantha stand vor Rachel.

Sie standen sich gegenüber, nur Zentimeter voneinander entfernt.

Samantha war sicher und ruhig.

Rachel war ein nervöses Wrack.

Die sexuelle Spannung lag in der Luft.

Samantha beugte sich vor und gab Rachel einen großen Kuss auf die Lippen.

Anfangs war es glatt.

Dann leidenschaftlicher.

Dann wurde es rauer.

Samantha biss sanft auf Rachels Unterlippe.

Dann küssten sie sich weiter mit ihren Zungen.

Während sie sich küssten, senkte Samantha ihre Hände und hob Rachels Kleid.

Dann führte er die Spitze des Gürtels zu Rachels Lippen.

Rachel spreizte im Stehen die Beine.

Der Dildo zielte auf ihre Muschi.

"Ich werde dich jetzt durchdringen", flüsterte Samantha in Rachels Ohr.

"Sei sanft."

"Nein", flüsterte Samantha.

Als die beiden Frauen miteinander verwoben blieben, gab Samantha einen harten Stoß und trat in Rachels Muschi ein, was ein hörbares Keuchen verursachte.

Samantha gab einen weiteren Stoß und ging tiefer.

Das Sexobjekt wurde immer tiefer.

An einem Punkt war das 9-Zoll-Sexobjekt vollständig in ihrer Muschi vergraben.

Rachel stöhnte und ihre Beine schlugen um sich.

Samantha zeigte ihre körperliche Stärke, indem sie beide Oberschenkel von Rachel in der Luft fest umklammerte.

Rachel war völlig vom Boden abgehoben, ihre Hände baumelten am Seil an der Decke.

Ihre Füße und Fersen schlugen wild um sich, während Samantha ihre Beine hielt.

"Kämpfe nicht", sagte Samantha und hielt die Hausfrau in der Luft. "Je mehr du kämpfst, desto mehr wird es weh tun. Gib dich mir hin."

Samantha lehnte sich zurück und gab einen weiteren harten Stoß, wobei sie den Dildo tiefer in ihre Muschi drückte.

Samanthas Hände hielten Rachels Beine fest im Griff.

Rachel hing mitten in der Luft, als die Domina in sie eindrang.

Sie fickten.

Sie sahen sich in die Augen.

Rachel weinte und stöhnte.

Aber sie hat Samantha nie gesagt, sie soll aufhören.

Sie wagte es nicht, aber sie wollte es nicht.

Es war Teil des Trainings und er begann sich angenehm zu fühlen, als sein Körper sich an die Größe anpasste.

Ihr Haar war zerzaust, ebenso wie ihre Füße.

Sie mochte es, von Samantha gefickt zu werden.

Sein Körper brannte.

Rachels Handgelenke schmerzten.

Die Haut um ihre Handgelenke färbte sich tiefrot, als ihr Körper in der Luft hing.

Aber der Schmerz in ihren Handgelenken war nichts im Vergleich zu dem Gefühl, das ihre Muschi fühlte.

Das große Sexspielzeug stimulierte die Nerven in ihrer Muschi, von denen sie nie wusste, dass sie existieren.

Die Stöße gingen weiter.

Sie schrie und schrie.

Sie weinte und weinte.

Sie stöhnte und stöhnte.

"Komm für mich", sagte Samantha und sah die Hausfrau mit Vergnügen an. "Komm für mich, du dreckige alte Hure."

Rachel schob ihre Hüften hoch.

"Ich bin nicht alt!"

Ein Orgasmus riss durch ihren Körper.

Rachel schrie lauthals.

Sein Rücken krümmte sich heftig.

Sie warf die hochhackigen Schuhe auf die andere Seite des Raumes.

Die Flüssigkeiten aus Rachels Muschi spritzten überall und hinterließen einen ernsthaften Job für die Putzfrau.

Als der Orgasmus nachließ, rollten Rachels Augen zurück und ihr Körper entspannte sich.

Samantha ließ ihre Umarmung los und Rachel baumelte in einem fast schwachen Zustand am Seil um ihre Handgelenke.

Samantha senkte das Seil und Rachels halbbewusster Körper lag auf dem Boden in einem Pool ihrer eigenen heißen Säfte.

Als Rachel die Augen öffnen konnte, sah sie, wie Samantha ihr Korsett auszog und völlig nackt wurde.

Rachel konnte nicht anders, als Samanthas perfekten nackten Körper zu beneiden.

Samantha saß auf dem Boden und spielte mit Rachels Haaren.

"Roger hat das Glück, eine Orgasmus-Hure wie dich zu haben", lächelte Samantha völlig nackt.

"Ich bin noch nie so gekommen. Niemals."

"Ich bin froh, dass ich dir dafür hätte dienen können. Aber denk dran, ich bin die Domina, du bist die Unterwürfige. Das ist zu meinem Vergnügen, nicht zu deinem. Und bis jetzt bin ich noch nicht gekommen."

Rachel hob eine Augenbraue.

"Woran denkst du?"

"Hast du jemals eine Muschi gegessen?"

"Nicht."

"Was für eine Jungfrau du in allem bist. Krieche auf mich zu. Lege dein Gesicht zwischen meine Beine."

Rachel tat, was ihr befohlen wurde.

Er kroch, bis sein Gesicht nur noch wenige Zentimeter von ihrer Muschi entfernt war.

"Küss meine Lippen", befahl Samantha und bezog sich auf ihre eigene Vagina. "Ich liebe es geküsst zu werden."

Rachel gab nach und küsste die äußere Schicht von Samanthas glatt rasierter Muschi.

"Leck es wie einen Lutscher. Dann steck deine Zunge hinein, als hättest du seit Tagen nichts mehr gegessen."

Rachel folgte den Anweisungen, leckte ihre Muschi und probierte die äußeren Flüssigkeiten.

Seine Zunge fühlte jeden Punkt ihrer Lippen.

Dann steckte er seine Zunge hinein, leckte und saugte.

Es war das erste Mal, dass sie eine Muschi gegessen hatte und sie fand, dass sie gut schmeckte.

"Das ist in Ordnung", stöhnte Samantha. "Weiter so. Leck weiter wie ein gutes Kätzchen."

Die Hausfrau, einst zurückhaltend, primitiv und ordentlich, war schnell zu einer erfahrenen Pussy-Esserin geworden.

Sie leckte und saugte begeistert.

Seine Zunge streichelte auf und ab.

Augenblicke später kam Samantha gerannt und stieß einen hohen Schrei aus.

Seine Beine zitterten, dann entspannte er sich.

Samanthas Augen leuchteten auf.

"Mein Gott. Wer wusste, dass du es so natürlich machen kannst?"

Rachel lächelte und legte ihren Kopf auf Samanthas Oberschenkel.

"Du weißt gut".

"Also denkst du?" Fragte Samantha rhetorisch.

Rachel küsste den Oberschenkel der Domina.

"Ja."

Die beiden Frauen setzten ihren Moment des gegenseitigen Trostes fort.

Rachel schloss die Augen und lehnte ihren Kopf zurück auf den Oberschenkel der Domina.

Samantha sah die schöne Hausfrau an und strich sich über die Haare.

KAPITEL 14

Tage später.

Nachdem Rachel ihr Gepäck abgeholt hatte, schob sie einen Wagen mit zwei Koffern hinein: einen mit ihrer normalen Kleidung und den anderen, den Samantha ihr gegeben hatte.

Sie sah ihren Mann draußen warten.

Ein breites Lächeln wurde erwidert.

Roger war froh, seine Frau so gut gebräunt und entspannt zu sehen.

Er rannte zu Rachel.

Sie stoppte den Wagen und umarmte ihn fest und erstickend.

Es war ein besonderer Moment.

Sie wollte, dass dieser Tag ein neuer Anfang für ihre Ehe war.

"Ich habe dich so sehr vermisst", sagte Roger.

Rachel legte ihre Lippen an sein Ohr und flüsterte: "Du wirst mich nach Hause bringen und mich an das Bett im Zimmer binden. Dann wirst du deinen Schwanz in meinen Hals schieben. Und dann wirst du mich ficken. Verstanden?"

Er trat ein wenig zurück, um seine Frau genauer anzusehen, erstaunt über ihre schmutzige Sprache.

In Rachels Augen war ein besonderer Schimmer.

Ein Hunger

Eine Lust.

Roger erkannte, dass seine Frau eine andere Frau war.

Roger nickte und nahm die Einladung an.

Rachel lächelte und gab ihm einen Kuss.

ENDE

BDSM SCHRIFTSTELLER

ERSTER TEIL
DIE REAKTION

KAPITEL I

Samanthas größte Angst war, dass jemand sie auf diesen Fotos erkennen würde.

Dieses Problem wurde jedoch durch das Tragen einer dünnen Maske gelöst.

Die Maske war klein und bedeckte nur seine Augen und Nase, was gut genug war, um ihn anonym zu halten.

Sie machte verschiedene Posen für den Fotografen.

Es war eine klassische Drehsitzung mit einem unterwürfigen Ton.

Mehrere Seile banden leicht ihren kleinen und schlanken Körper, der mit einem dünnen schwarzen Kleid bedeckt war.

Ihre Handgelenke waren ebenfalls zusammengebunden und jetzt wurden Fotos von ihr gemacht, die auf dem Boden lag.

Es war eine Kunstsession eines halbbekannten lokalen Fotografen, der die Porträts in verschiedenen Kunstgalerien verkaufte.

"Also sehr schön", sagte der Fotograf und ging weg. "Dreh dich um. Auf dem Bauch. Gut. Dreh dich um."

Es war der größte Spaß, den Samantha seit langer Zeit hatte.

Sie rollte sich herum wie ein Welpe aus der Knechtschaft.

Dann rollte sie sich zurück.

Sie hatte ein leichtes Lächeln im Gesicht und lebte ihre Fantasie.

Der Fotograf bemerkte Samanthas Lächeln, lächelte zurück und machte dabei weitere Fotos.

"Ich denke, wir sind für heute fertig", sagte er und senkte die Kamera. "Du warst ausgezeichnet."

Sie stand auf und ging mit nach vorne gerichteten Handgelenken auf ihn zu.

"Ich habe nur getan, was du mir gesagt hast", lächelte er.

Die Fotografin löste ihre Handgelenke und befreite sie schließlich von allen Seilen der Knechtschaft.

An seinen Handgelenken waren kleine rote Flecken.

"Tut mir leid. Vielleicht habe ich sie etwas zu eng gemacht."

Sie schüttelte den Kopf und nahm ihre Maske ab.

"Mach dir keine Sorgen. Ich glaube, ich habe zu stark gezogen. Und die Markierungen werden bald verblassen."

"Starkes Mädchen."

"Apropos hart, gibt es eine Chance für zusätzliche Arbeit?"

"Es kommt darauf an", antwortete der Fotograf. "In ein paar Wochen steht eine Kunstausstellung an. Wenn sich Ihre Porträts verkaufen, würde ich Sie gerne für weitere Fotos einstellen."

Sie lächelte.

"Ich freue mich darauf."

KAPITEL II

Nach dem Anziehen ging Samantha direkt in ihr Schlafzimmer.

Es gab noch viel Schularbeit zu erledigen.

Die herausforderndste Klasse des Semesters war ihr Kurs zum kreativen Schreiben, der sich auf das Schreiben vollständiger Geschichten konzentrierte.

Das war die Klasse, an der er am meisten arbeiten wollte, weil sie ihm die Möglichkeit gab, zu schreiben.

Sie liebte es zu schreiben.

Und eines Tages wollte sie Schriftstellerin werden.

Vor allem gab es ihm eine Plattform, um seinen ersten Roman unter der Anleitung eines prominenten Professors zu schreiben.

Er war ein Lehrer, den sie lange vor dem Besuch ihrer Klasse zutiefst bewundert hatte.

Er war ein Lehrer, der mehrere Bücher geschrieben hatte, die Samantha geliebt hatte, als sie aufwuchs.

Diese alten Bücher beeinflussten Samanthas Schreibstil und sie freute sich über die Gelegenheit für ihn, sie zu unterrichten.

Sie beendete das Schreiben eines Seitenumrisses für ihre nächste Geschichte, die sie sich auf ihrem Bett ausgedacht hatte.

Er musste es dem Professor vor ihrem nächsten Treffen schicken.

Nachdem sie stundenlang geschrieben und nachgedacht hatte, war Samanthas Trance-Zustand erschüttert, als ein paar Klopfen an die Wand klopften.

Sie war seine schöne Mitbewohnerin und beste Freundin seit der High School, nur in ein Handtuch gekleidet und nach dem Duschen mit frisch getrockneten Haaren.

"Schreibst du immer noch deine Sachen?" Fragte Vicky.

"Oh sicher, ich bin immer noch dabei."

"Wie sind deine Fotos heute gelaufen?"

Samantha hob die Daumen.

"Ziemlich gut."

"Ich würde gerne das neue Buch sehen."

"Warte, lass mich überprüfen, ob er sie mir schon geschickt hat."

Samantha eröffnete schnell ihr Google Mail-Konto und sah einige neue E-Mails.

Es gab eine E-Mail des Fotografen, der die darin enthaltene Datei geöffnet und heruntergeladen hat.

Insgesamt gab es achtunddreißig Bilder.

"Dort werde ich sie dir sofort schicken", sagte Samantha. "Und lassen Sie mich wissen, was Sie denken. Ich persönlich denke, es ist eine sehr gute Sache. Ich mag es mehr als das, was ich das letzte Mal getan habe."

Natürlich schätzte Samantha Vickys Meinung in dieser Angelegenheit sehr, da ihre Freundin selbst viel Modelarbeit geleistet hatte und sie auch vorhatte, eines Tages als Designerin in der Modebranche zu arbeiten.

Vicky ließ das Handtuch fallen und stand nackt da.

"Ich werde sie mir später ansehen. Hast du schon geduscht? Diese Party ist in einer Stunde."

"Oh Scheiße."

Vicky zog einen BH an.

"Es ist einer dieser Tage, was?"

"Verdammt, warte."

Samantha öffnete schnell ihre E-Mail und schrieb dem Lehrer eine Nachricht.

Sie hat das Word-Dokument angehängt und dann veröffentlicht.

Dann öffnete Samantha eine weitere E-Mail und schrieb eine kurze Nachricht an Vicky.

Sie fügte die Akte mit den achtunddreißig Fotos des unterwürfigen Sklaven hinzu und schickte die E-Mail.

Dann schloss Samantha ihren Laptop und sprang aus dem Bett.

Er ging an seiner halbnackten Mitbewohnerin vorbei und in das kleine Badezimmer, das noch etwas feucht war, seit Vicky es gerade benutzt hatte.

Er zog sich aus, trat dann in die Duschkabine und drehte den Wasserhahn auf, um eine Kaskade heißes Wasser fallen zu lassen.

Während Samantha ihre Haare einseifte und shampoonierte, dachte sie über ihr nächstes Schreibprojekt nach und traf sich mit der Lehrerin.

Er dachte darüber nach, wie er ihr seine Arbeit erklären würde.

Wie sie es präsentieren würde.

Wie sollte er sich ausdrücken?

Die wichtigsten Punkte, die Sie vermitteln wollten, damit der Lehrer Ihre Gedanken versteht und Ihnen hoffentlich die dringend benötigte Zustimmung und das Verständnis gibt.

Er dachte auch über Kleinigkeiten nach, wie was er anziehen sollte.

Sie wollte elegant, aber gewagt aussehen, ohne auch die falschen Signale zu senden.

Sie wollte schlau aussehen, ohne zu angespannt zu sein.

Er wollte auch nicht zu einfach oder leicht klingen, sonst würde er den Respekt des Lehrers verlieren.

Sie musste gut aussehen.

Vielleicht würde ich Vicky später auch nach ihrer Meinung dazu fragen.

Samantha stellte das Wasser ab, trocknete ihre Haare und kehrte in das Schlafzimmer zurück, in dem Vicky bereits angezogen war und ihren eigenen Laptop benutzte.

"Was denkst du über die Fotos?" Fragte Samantha und sah in ihren Schrank.

"Du meinst dein Schreiben?"

"Nein, zu meinen Fotos natürlich."

"Nun, du hast mir versehentlich deinen Brief geschickt", schrieb Vicky. "Es sieht ziemlich gut aus. Ich bin kein großartiger Leser, aber ich würde dieses Buch kaufen, wenn Sie es schreiben."

Samantha erstarrte.

Seine Augen weiteten sich und sein Magen sank.

Er eilte zu seinem Laptop und überprüfte sein Google Mail-Konto.

Er überprüfte seine gesendeten E-Mails, um die Nachricht zu sehen, die er an den Lehrer gesendet hatte.

Dann schaute er auf den Anhang.

"Oh Gott".

Sie bedeckte ihren Mund mit der Hand, als sie bemerkte, dass sie dem Professor versehentlich die achtunddreißig Fotos der Sklaverei geschickt hatte.

"Mein ... Leben ... ist ... ruiniert", stöhnte Samantha, ließ sich auf ihr Bett fallen und wollte dabei weinen.

"Scheiße, hast du gerade diese Bilder an deinen Lehrer geschickt?" Vicky lachte auf lustige Weise.

Samantha vergrub ihr Gesicht im Kissen.

"Ich möchte nicht darüber reden."

"Schau auf die gute Seite. Wenn er ein normaler Typ ist, wird er dir wahrscheinlich ein A für den Unterricht geben. Der Nachteil ist, dass du wahrscheinlich seinen Schwanz lutschen musst. Wenn er nicht sexy ist, dann wirst du es schaffen. Weißt du, all das. Lehrer / Schüler-Thema ".

"Ich werde ihn morgen treffen. Gott, ich hoffe, er meldet mich nicht, weil ich versucht habe, Sex oder so etwas anzufordern. Ich könnte aus der Schule geworfen werden."

"Gibt es eine Regel gegen das Senden von Einreichungsfotos an den Lehrer?" Fragte Vicky.

"Ich weiß nicht."

"Nun, du hast super schnell geduscht. Vielleicht habe ich ihn noch nicht gesehen. Warum rufst du ihn nicht an und sagst ihm, er soll es vermeiden, deine E-Mails zu lesen?"

Samantha setzte sich aufrecht auf, Tränen in den Augen.

"Du bist ein Genie."

Er suchte im Lehrplan nach der Handynummer des Lehrers, aber sie war im Gegensatz zu anderen Lehrern nicht da.

Die einzige Vorgehensweise wäre zu beten, dass Sie es noch nicht gesehen haben.

Sie schickte im Voraus eine weitere Warnmeldung.

Sie schickte eine E-Mail mit dem Titel: BITTE ÖFFNEN SIE NICHT DIE ANDERE E-MAIL

"Lehrer,

Ich bin Samantha. Wir haben morgen früh einen Termin. Ich habe dir vor ein paar Augenblicken eine weitere E-Mail geschickt. Ich hoffe aufrichtig, dass Sie es nicht geöffnet haben. Wenn nicht, bitte nicht. Wenn ja, tut es mir sehr leid. Es war ein Unfall.

Hier schicke ich dir meinen Brief.

Ich hoffe, dieser Fehler gefährdet unsere akademische Beziehung nicht. Ich habe immer noch vor, dich morgen zu sehen, um das Schreibprojekt zu besprechen.

Mit besten Grüßen,

Samantha ".

Dann fügte er der Akte die Schrift hinzu und überprüfte, ob er es diesmal richtig gemacht hatte.

Sobald die Nachricht gesendet wurde, fiel Samantha zurück auf das Bett.

Sie bemerkte, dass ihr Handtuch aufgesprungen war und ihre linke Brust teilweise freigelegt war, aber es war ihr egal.

Er hatte noch eine Party vor sich.

Aber er hatte keine Ahnung, ob er jemals wieder Spaß haben könnte.

KAPITEL III

Kurz vor dem morgendlichen Treffen ließ sich Samantha nieder, indem sie ein paar Kleider aus ihrem Schrank zog.

Khaki-Hosen, ein weißes Hemd mit Knöpfen und eine dunkle Weste.

Informell, aber edel.

Ihr Haar war zu einem Pferdeschwanz zusammengebunden und sie trug nur minimales Make-up.

Das Letzte, was er tun wollte, war, erotische Schwingungen abzugeben, insbesondere nach diesem schrecklichen E-Mail-Fehler, den der Professor auch nicht beantwortete.

Sie ging in sein Büro im geisteswissenschaftlichen Gebäude.

Als er dort ankam, sah er durch die Glastür den Professor, der mit dem Computer hinter seinem Schreibtisch saß.

Samantha war ein wenig verärgert darüber, dass der Professor an ihrem Computer saß und dass er sich nie die Mühe machte, ihr eine Antwort-E-Mail zu senden.

Na ja, dachte er, das hätte ihm etwas von der Unbeholfenheit erspart.

Er klopfte an die Tür, um ihre Aufmerksamkeit zu erregen.

"Pünktlich", sagte der Professor. "Mach die Tür zu und setz dich."

Der Professor war viel älter als sie.

Vielleicht war sie in den Vierzigern oder Fünfzigern, doppelt so alt wie sie.

Er war ziemlich gutaussehend mit einem strengen und starken Auftreten.

Es war ein Hauch von Weisheit in ihm, der deutlich machte, dass er ein sehr intelligenter Mensch war.

Er schloss die Tür und setzte sich auf den Stuhl vor dem Schreibtisch des Professors.

Er saß aufrecht und in perfekter Haltung, während der Betreff der E-Mail noch in seinen Gedanken verweilte.

Sie fragte sich, ob er es ansprechen würde oder nicht.

Bisher schien dies nicht der Fall zu sein.

Stattdessen legte der Professor ein Stück Papier auf den Schreibtisch.

Es war eine gedruckte Ausgabe von Samanthas Hausaufgaben mit handschriftlichen Notizen.

"Ich bin alte Schule", sagte er. "Ich schreibe lieber auf Papier und kommentiere mit einem Stift. Sollen wir jetzt anfangen?"

Sie nickte.

"Natürlich."

"Ich komme zur Sache, ich mag Ihre Ideen. Die Geschichte einer jungen Frau, die ihren Weg im Leben gefunden hat, ist sehr wiederkehrend, aber dies ist eine neue Wendung. Wenn ich · mich richtig erinnere, haben Sie am ersten Tag des Kurses gesagt, Sie wollten es Romanautor werden, oder? "

Sie nickte.

"So ist es."

"Und du hast gesagt, du wolltest diesen Roman zu deinem ersten Roman machen, den du hoffentlich eines Tages veröffentlichen wirst. Ist das auch richtig?"

"Das ist absolut richtig. Und ich habe dir das nicht gesagt, aber ich bin tatsächlich ein großer Fan deiner Bücher. Sie inspirieren mich. Und ich schätze dein Feedback sehr."

"Ich schätze die freundlichen Worte", sagte er in einem ruhigen Ton. "Ich bin für Sie und alle meine anderen Schüler da. Deshalb bin ich Lehrer geworden, um mein Wissen weiterzugeben, was auch immer ich habe, um der nächsten Generation von Schriftstellern zu helfen."

Samantha sah ihn mit einer Mischung aus Besorgnis und Angst an, als wäre sie zutiefst gedemütigt, nur dort zu sitzen.

"Etwas ist falsch?" fragte der Lehrer.

Sie nahm ihren Mut zusammen.

"Hast du letzte Nacht die E-Mails überprüft?"

"Offensichtlich habe ich das getan. Wir besprechen Ihre Schreibaufgabe, richtig?"

Sie fühlte sich wie eine Idiotin.

"Nicht diese E-Mail. Ich bezog mich auf die andere, die versehentlich gesendete E-Mail. Es gab einen Anhang. Haben Sie sie heruntergeladen?"

"Es ist meine Aufgabe, zu sehen, was die Schüler mir schicken. Also ja, als ich den Anhang sah, habe ich ihn geöffnet."

"Hast du meine Bilder gesehen?" Fragte Samantha rhetorisch.

"Der Header Ihrer E-Mail war, dass es Ihre Hausaufgaben waren. Ich bin kein Gedankenleser, Samantha. Ja, ich habe Ihre Fotos gesehen. Aber schämen Sie sich nicht."

Sie atmete erleichtert auf.

"Also bist du nicht enttäuscht von mir?"

"Warum sollte ich?"

"Weil Ihr Student, der eine angesehene Universität besucht, für solche Fotos posiert."

"Ich verurteile Menschen nicht dafür, andere Wege zu erkunden", antwortete er. "Darum geht es im Leben, nicht wahr? Finden Sie heraus, was Sie mögen, was Sie nicht mögen, und treffen Sie dann Entscheidungen."

"Dankeschön."

"Warum?"

"Danke, dass du kein Idiot bist", sagte er. "Entschuldigen Sie meine Sprache, aber ich bin sicher, andere Professoren an dieser Universität hätten mich ausgewiesen. Entweder das, oder sie würden Oralsex oder so etwas verlangen."

"Eigentlich wollte ich gerade Ihre Dienste anfordern."

Sie war überrascht.

"Ernsthaft?"

"Ich mache nur Spaß. Sie haben wahrscheinlich Recht. Andere Lehrer haben diese E-Mail möglicherweise als sexuelle Anfrage interpretiert. Aber ich bin nicht wie andere Lehrer. Ich verstehe, dass Leute Fehler mit E-Mails machen."

"Was ist mit den Fotos selbst?" Sie fragte. "Halten Sie es für einen Fehler von meiner Seite?"

"Sie machen?"

Samantha saß aufrecht und trotzig.

"Nein, ich weiß es nicht. Ich bin stolz auf die Fotos, die sie von mir gemacht haben. Ich finde sie wunderschön und künstlerisch."

"Wenn du das denkst, wen soll ich beurteilen?"

"Ich bin froh, dass wir das herausgefunden haben", antwortete sie erleichtert.

"Warum nehmen Sie das nicht in Ihren Roman auf? Sie haben Sexualitätsthemen für die Geschichte angedeutet, die Sie schreiben möchten. Warum also nicht etwas davon einbeziehen? Sie müssen nicht ins Detail gehen, sondern über Ihre eigene Erforschung sprechen."

"Ehrlich gesagt, ich weiß nicht, ob ich es schaffen kann."

"Hast du Erfahrung mit dem Lebensstil dieser Fotos?", Fragte er.

Sie schüttelte den Kopf.

"Nicht wirklich ".

"Warum nicht, wenn ich fragen darf?"

Samantha dachte einen Moment nach.

"Ich habe noch nie jemanden gefunden, dem ich vertrauen kann. Ich meine, Sex zu haben ist eine Sache, aber Unterwerfung ist etwas anderes. Ich denke, es ist viel intimer und sollte nur mit der richtigen Person geteilt werden."

"Deshalb mag ich dich. Du bist klug, talentiert und stark. Es gibt viele Idioten da draußen. Aber eine echte Beziehung zwischen Meister und Unterwürfigen basiert auf Vertrauen und Zuneigung. Der Meister muss den Unterwürfigen respektieren. Es sollte Vertrauen geben. Nur dann a Unterwürfig kann völlig frei sein, loszulassen. "

Ein Lächeln erschien auf ihrem Gesicht.

"Woher weißt du das alles?"

"Normalerweise spreche ich nicht darüber, aber ich war ein Meister für mehrere Frauen in meinem Leben. Die Frauen waren sehr unterwürfig und gaben mir völligen Gehorsam. Im Gegenzug habe ich mich emotional und sexuell um sie gekümmert. Es waren Beziehungen, die auf Vertrauen und gegenseitigem Verständnis beruhten."

Für einen Moment war Samantha voller Ehrfurcht.

Sie erwartete, dass das Bürotermin schmerzlich unangenehm sein würde.

Stattdessen bekam sie eine sexuell fortgeschrittene Lehrerin, die sie anscheinend verstand.

"Okay", sagte sie. "Ich denke, er hat Recht. Es ist sinnvoll, einige dieser Dinge in mein Schreibprojekt einzubeziehen. Natürlich nicht alles über Sklaverei, sondern Selbstreflexion und Entdeckung."

Der Lehrer faltete das Papier.

"Jetzt brauchen Sie nicht alle meine Notizen, da sich die Geschichte geändert hat. Aber nehmen Sie sie mit. Ich schlage vor, Sie finden eine neue Geschichte für die zweite Hälfte Ihres Romans, zusammen mit einem neuen Ende. Viele Studenten finden diesen Kurs selbst aufschlussreich. Sie lernen während des Schreibprozesses etwas über sich selbst. Das ist es, was ich am Unterrichten liebe. "

Ein Gefühl der Enttäuschung überkam Samantha, als der Lehrer das gefaltete Papier vor sie legte.

"Ist unser Treffen vorbei?" Sie fragte.

"Ja. Natürlich musst du Teile deiner Geschichte ändern, also sind meine Kommentare dort im Grunde genommen nutzlos."

"Können wir uns wiedersehen? Ich wollte immer noch mit dir über ein paar Schreibtipps sprechen."

"Wir können das Schreiben besprechen, sobald Sie Ihre Handlung bearbeitet haben."

Ein neu gewonnenes Gefühl des Vertrauens und des Verständnisses überkam Samantha.

Es war wie eine Offenbarung.

Seine Liebe zur Sklaverei und zum Schreiben kam offenbar zum ersten Mal zusammen.

Sie nickte.

"Danke für alles. Du bist der Beste."

"Warum habe ich das Gefühl, dass du etwas planst?"

"Nur mein erster Roman", lächelte er.

"Ich meinte, was ich gesagt habe. Ich mag die Tatsache, dass Sie mit Ihren Fantasien und Ihrem Körper vorsichtig sind. Wenn ich Ihnen nur eines beibringen kann, wäre es, nichts Dummes mit Ihrem Körper zu tun. Respektieren Sie sich selbst. Das ist das Wichtigste, was ich lehren kann. zu einer jungen Frau wie dir. "

In diesem Moment fühlte Samantha etwas für den Lehrer.

Sie fühlte es in ihrem Verstand, in ihrem Herzen und zwischen ihren Beinen.

Sie wusste es.

Und die Lehrerin erkannte, was sie denken musste.

ZWEITER TEIL
DIE BILDER

KAPITEL I

Ein paar Wochen vergingen.

Mit dem Erfolg der Kunstgalerie bat die Fotografin Samantha, für weitere Fotos ins Studio zurückzukehren, und sie stimmte gerne zu.

Es war seine Chance, dem Stress des Lebens zu entkommen und sich einer Fantasie hinzugeben.

Auch das Geld, das er dafür erhalten würde, war in Ordnung.

Als Kleiderschrank trug sie ein kleines schwarzes Outfit, das aus einem Leder-BH und einem Höschen bestand.

Er trug auch schwarze Stiefel.

Schließlich und vor allem trug er die kleine schwarze Maske.

Gott bewahre, dass jemand sie erkannte.

Als sie ihr Outfit und ihre Maske anzog, war Samantha aufgeregt, als sie sich auf das Fotoshooting vorbereitete.

Auf seltsame Weise verstand sie die Bedürfnisse der Süchtigen.

Das war seine Sucht.

Etwas, nach dem er sich emotional und körperlich sehnte.

Als sie fertig war, ging sie ins Studio, wo der Fotograf seine Kamera vorbereitete.

Die Lichter, Accessoires und Kulissen waren bereits vorhanden.

Sie hatten ihre üblichen Gespräche und Witze.

Samantha drückte ihre Dankbarkeit und ihr Glück aus, dass sich die anderen Porträts gut verkauft hatten.

Die Fotografin wies darauf hin, dass alles ihr zu verdanken sei.

"Werden wir dort weitermachen, wo wir aufgehört haben?" fragte der Fotograf, die Kamera in der Hand haltend, mit dem Riemen um den Hals.

"Eigentlich möchte ich heute etwas anderes ausprobieren."

Er schien offen dafür zu sein.

"Hast du etwas im Sinn?"

"Nicht wirklich. Ich weiß es nicht. Aber ich fühle mich etwas abenteuerlicher."

Er dachte einen Moment nach.

"Wie wäre es, wenn Sie mehr Haut zeigen? Ich weiß, dass Sie sich schon immer Sorgen gemacht haben, aber mehr Haut hilft normalerweise beim Verkauf."

Nach einem kurzen Moment des Zögerns zog Samantha die linke Seite des BHs nach unten, um ihre kleine rosa Brustwarze teilweise freizulegen.

"Was ist damit?" Sie fragte.

Er blieb professionell.

"Wir können es so machen. Sicher. Wie wäre es mit Sklaverei? Wie zuvor?"

"Hände diesmal hinter meinem Rücken. Und auf meinen Knien. Ich mag, wie verletzlich ich aussehen werde."

"War heute etwas in deinem Kaffee?" er scherzte.

"Lass los. Das einzige was passiert ist, dass ich eine Frau bin, die eine Idee hat."

"Was auch immer du sagst. Ich mag diese Idee. Lass uns damit beginnen. Ich werde deine Handgelenke von hinten binden."

Der Fotograf senkte die Kamera und ließ sie um seinen Hals hängen.

Dann ging er für die Seile.

Samantha drehte sich um und legte ihre Hände hinter ihren Rücken.

Bevor er die Seile für sie band, hielt sie ihn auf.

"Warte, warte eine Minute."

Samantha griff nach vorne und senkte auch die rechte Seite ihres BHs ein wenig, wodurch ihre beiden kleinen rosa Brustwarzen freigelegt wurden.

Dann legte er schnell wieder die Hände hinter den Rücken.

"Okay, jetzt bin ich bereit", sagte sie.

Der Fotograf band das Seil und knotete einen Knoten und schloss sich Samanthas Händen an.

Dies gab ihr ein seltsames Gefühl der Befriedigung, besonders jetzt, wo ihre Brustwarzen freigelegt waren.

"Jetzt sind wir bereit zu gehen. Gib mir eine Pose. Da du dich heute abenteuerlustig fühlst, lasse ich dich improvisieren. Mach was du willst."

Samantha konfrontierte den Fotografen, der ein paar Schritte zurücktrat und anfing zu fotografieren.

Es machte sie seltsam, dass ein Mann Fotos von ihren nackten Brustwarzen machte, während ihre Hände gebunden waren.

Es war so aufregend und sie spürte ein Summen zwischen ihren Beinen und ein Kribbeln in ihren Brustwarzen.

Mit seinen Armen konnte er nicht viel anfangen.

Und sie war es gewohnt, beim Modellieren Anweisungen zu erhalten.

Der Anfang war also etwas umständlich.

Nach und nach gewöhnte er sich daran und bewegte seine Schultern, Hüften und Füße, um verschiedene Posen zu bilden.

Dann kniete er nieder.

Eine verletzliche Pose.

Er machte verschiedene Aufnahmen aus verschiedenen Blickwinkeln.

Sie rollte sich auf die Seite.

Er machte mehr Fotos von ihr.

Sie rollte sich herum und drückte ihren Bauch und ihre Brustwarzen auf den Boden.

Er machte Fotos von ihrem Hintern.

Dann rollte sie sich auf den Rücken, die Hände hinter sich gefesselt, die Brustwarzen in die Luft gerichtet.

Er machte weitere Fotos von ihr und spürte einen Adrenalinstoß.

Gott sei Dank für die Maske, die es ihm ermöglichte, seine Identität zu bewahren, wenn diese Bilder in verschiedenen Kunstgalerien veröffentlicht wurden, gesehen von Gott weiß, wie viele Menschen.

Der Exhibitionismus war für sie eine seltsame Emotion.

Aber nicht so sehr wie Unterwerfung.

KAPITEL II

Nach einer kurzen Masturbationssitzung in ihrem Schlafzimmer wusch Samantha ihre Hände und ließ sich in ihrem Bett nieder.

Sie saß aufrecht mit dem Rücken gegen das Kissen und den Laptop auf ihrem Schoß.

Frisch vom Fotoshooting war sie mit neuen Emotionen und Erfahrungen bewaffnet, was perfekt für einen Amateurautor wie sie war.

Er öffnete das Textverarbeitungsprogramm und setzte seine Schreibaufgabe fort, die auch die Grundlage für seinen ersten Roman bilden sollte.

Ich hatte schon mehrere Seiten fertig.

Während sie Samantha schrieb, stieß sie auf ein Hindernis.

Er fragte sich, wie viel von seinem persönlichen Leben er verwenden würde.

Er fragte sich, inwieweit sich die Figur in der Geschichte dafür entscheiden würde, sie zu erkunden.

Und was erkunden?

Samanthas Fantasie war sexuelle Unterwerfung.

Darum hatte sie sich immer gesehnt.

Das wollte sie.

Aber wenn Sie das in das Buch aufnehmen, werden Ihre Familie und Freunde Ihre inneren Gedanken erfahren, weil sie alle es lesen würden.

Sie würden sich fragen, ob Samantha eine rein fiktive Geschichte schrieb oder ob sie ihre eigenen Wünsche äußerte und das Buch als Kommunikationsmittel benutzte.

Es war das Dilemma des Schriftstellers.

Zum Glück kannte sie den Mann, mit dem sie darüber sprechen konnte.

Er eröffnete sein Google Mail-Konto und stellte fest, dass er zwei E-Mails hatte.

Einer von einem Freund, der andere von dem Fotografen, der gerade die neuesten Bilder per E-Mail verschickt hatte, die sie früher an diesem Tag zusammen aufgenommen hatten.

Aber das war im Moment nicht wichtig.

Sie schrieb eine Nachricht mit einem direkten Header: Können wir uns treffen?

"Hallo Lehrer,

Ich hoffe du bist gut. Die Fortschritte bei meiner Schreibaufgabe waren stetig, aber ich habe eine Straßensperre in Bezug auf die Geschichte getroffen.

Insbesondere habe ich Probleme damit, wie viel von meinem persönlichen Leben ich in das Leben einbeziehen sollte. Und ja, ich beziehe mich auf das Thema, das wir vor einigen Wochen in Ihrem Büro besprochen haben. Ich bin sicher, Sie verstehen, wie ich mich dabei fühlen sollte.

Bitte hilf mir!

Samantha "

Er schickte die Nachricht.

Sie las dann die E-Mail ihrer Freundin und schickte eine schnelle Antwort.

Zuletzt öffnete er die E-Mail des Fotografen, die einen kurzen Kommentar sowie einen Anhang mit insgesamt achtundsechzig Bildern enthielt.

Sie lud die Datei herunter und sah sich die Bilder kurz an.

Es war ein bisschen surreal, sich so zu sehen.

Hände hinter seinem Rücken gebunden.

Die Maske, die seine Identität verbarg.

Und ihre Brustwarzen freigelegt.

Die Fotos von ihr auf den Knien und auf dem Rücken waren aufregend.

Erotische Kunstliebhaber würden solche Bilder definitiv bei der nächsten Ausstellung auf Kunstausstellungen kaufen.

Sie waren brillant gemacht, dachte Samantha.

Er fragte sich kurz, ob er dem Professor dieselben Fotos schicken sollte.

Vielleicht würde er sie auch gerne sehen.

Er versteht offensichtlich Samanthas Entscheidungen, die sie zutiefst schätzte.

Diese Bilder waren auch für ihre Schreibaufgabe etwas relevant, da sie Ausdruck ihrer eigenen Sexualität und Erforschung waren.

Samantha verfasste eine weitere E-Mail mit einem kurzen Header und einer kurzen Nachricht für den Lehrer.

Er fügte der Akte die achtundsechzig Bilder bei, die der Fotograf am selben Tag aufgenommen hatte.

Er schickte seinem Lehrer mehr Bilder von Bondage, nur diesmal war es absichtlich, nicht zufällig wie zuvor.

Sein Finger blieb auf der Schaltfläche "Senden" in der E-Mail.

Sie zögerte.

Dann hat er die E-Mail komplett gelöscht.

Was würde der Professor denken, wenn sie ihm weitere Bondage-Fotos schicken würde?

Sie hat sich wahrscheinlich über ihn lustig gemacht, dachte sie, als er ihr sagte, der andere sei ein Fehler gewesen.

Oder dass sie verzweifelt versuchte, ihn zu verführen.

Eine E-Mail ist angekommen.

Es war eine Antwort des Professors:

„Natürlich bin ich morgen um neun Uhr morgens frei. Ich unterrichte um zehn Uhr morgens eine weitere Klasse, daher ist die Zeit begrenzt.

Schick mir deine Geschichte. Ich werde es heute Abend lesen und wir können es morgen besprechen.

Lehrer "

Die Dinge waren in Bewegung und die Räder waren in Bewegung.

Sie antwortete per E-Mail mit einem Anhang ihrer Geschichte.

Sie fragte sich, was er denken würde.

KAPITEL III

Am nächsten Morgen.

Die Tür zum Büro des Professors stand offen.

Wie immer schien er zu arbeiten und sah sich einige Papiere auf seinem Schreibtisch an.

Samantha hatte sich ähnlich wie bei ihrem letzten Treffen angezogen.

Etwas lässig, aber edel. Nicht sehr sexy, nicht zu prüde.

Sie wollte nicht die falschen Signale senden, besonders nicht, womit sie streiten werden.

Nachdem der Lehrer an die Tür geklopft hatte, sah er die Schülerin und lud sie ein, einzutreten.

Sie tauschten ein paar Witze aus, als sie ihm am Schreibtisch gegenüber saß.

Sicher, sie hatten viele Male im Unterricht gesprochen, aber ein privates Treffen war immer etwas Besonderes.

"Hast du alles gelesen?" Sie fragte.

"Das habe ich. Und es hat mir sehr gut gefallen", antwortete er. "Ein solider Job. Sie haben ein gutes Talent. Ich denke, Ihre Stärke als Schriftsteller ist Ihr Realismus. Die Charaktere haben eine große Tiefe."

Der Stolz explodierte in Samantha, aber sie schaffte es, ihn einzudämmen.

"Danke. Ich habe viel darüber nachgedacht."

"Ich bin mir sicher, dass Sie es getan haben. Als Schreibauftrag ist dies wahrscheinlich ein A-Level-Job", erklärte er. "Aber damit bist du nicht zufrieden, oder? Du willst Schriftsteller werden."

"So ist es."

Der Lehrer nahm einige Papiere.

"Einige Notizen, die ich gemacht habe und die ich mit Ihnen besprechen wollte. Dies sind einfache Beispiele, um Ihre Beschreibungen und Nebengeschichten zu erweitern, damit Sie ein gutes Buch fertigstellen können. Ich erwarte jedoch nicht, dass Sie das jetzt tun. Ehrlich gesagt, wenn mir jeder Student einen langen Roman überreichen würde, wäre ich verschlungen ständig beim Lesen. "

Samantha nahm die Papiere und ihre Augen lasen schnell die Notizen.

"Das ist unglaublich. Danke."

"Es ist nicht nötig, mir zu danken."

"Machst du das für alle Schüler?" Sie fragte.

"Nur für Studenten, die Romanautoren werden und ein zusätzliches Maß an Kritik wünschen. Ich bin immer bereit, in dieser Hinsicht zu helfen."

"Hast du jemals mit einem Studenten geschlafen?" fragte er unverblümt, ohne sich um die möglichen Konsequenzen zu kümmern.

"Warum fragst du mich das?"

"Ich mache Charakterforschung für meine Schreibaufgabe."

Er lächelte.

"Ist das so? Du bist ein direktes Mädchen, wusstest du das?"

"Schüchterne Mädchen können so eine Schule nicht besuchen. Das ist sicher."

"Da hast du wahrscheinlich recht."

"Also, was ist die Antwort?"

"Ich habe es vor ein paar Jahren mit einem Studenten gemacht", antwortete er. "Aber denken Sie daran, dass ich kein Stalker war. Ich habe noch nie einen Studenten sexuell verfolgt."

"Also wie ist es passiert?"

"Nehmen wir an, wir hatten eine gemeinsame Freundin und haben uns auf einer Party getroffen. Eine Swingerparty. Wir hatten beide entgegengesetzte Enden des gleichen Interesses. Sie war eine überzeugte Unterwürfige. Ich war eine erfahrene Meisterin. Sie können sich den Rest vorstellen."

"Interessant."

"Wird das wirklich in deiner Geschichte sein?"

"Wahrscheinlich", antwortete sie. "In meiner Geschichte geht die junge Frau eine Beziehung mit einem viel älteren Mann ein, der viel mehr Erfahrung im Leben hat."

"Schön auch, hoffe ich."

"Oh ja."

"Apropos, Sie haben in Ihrer E-Mail etwas darüber erwähnt, wie Sie Ihr persönliches Leben in Ihre Geschichte einbeziehen können."

Samantha nickte.

"Das ist richtig. Mein Herz und mein Verstand wollen die Geschichte in die gleiche Richtung lenken. Die Sache ist, dass diese Richtung Sex beinhaltet. Die meisten jungen Menschen durchlaufen diese Phase, in der sie nur Sex und seine Erforschung erforschen wollen Schönheit. Ich denke, deshalb fließt es in mein Schreiben. "

"Und du machst dir Sorgen, dass die Leute dich anhand des Inhalts deiner Geschichte beurteilen."

"Genau. Hast du dasselbe mit deinen Büchern durchgemacht?"

"Sicher. Aber es ist anders. Ich bin ein Mann. Du bist eine junge Frau. Die Gesellschaft hat andere Standards für uns, wenn es um Sex geht. Aber wenn du diesbezüglich eine Antwort von mir suchst, tut es mir leid, ich kann dir keine geben. antworte. Das muss deine sein. Das ist deine Kunst, deine Geschichte, nicht meine. "

Samantha dachte einen Moment nach und nickte.

"Kann ich dir etwas zeigen?"

"Natürlich."

"Warte eine Sekunde."

Samantha nahm ihr Handy und durchsuchte ihre Fotos.

Dann gab er dem Professor sein Handy.

"Die stammen von einem Fotoshooting, das ich gestern gemacht habe", erklärte er. "Ich habe sie dir gestern fast geschickt, aber ich fand es nicht angemessen."

Er überprüfte die expliziten Bilder.

"Also, warum denkst du, ist es jetzt angemessen?"

"Weil ich Ihre Meinung schätze. Und ich wollte Ihnen zeigen, dass ich Ihren Rat vom letzten Mal an befolgt habe. Sie haben mir gesagt, ich soll meinen Körper respektieren. Nun, das habe ich. Das tue ich. Diese Posen waren meine Idee. Das ist meine Fantasie und mein sexueller Ausdruck. wie eine gesunde junge Frau. "

Der Professor schaute zurück auf die Fotos am Telefon.

"Du siehst auf jeden Fall aus wie eine gesunde junge Frau."

Er gab ihr das Telefon zurück und Samantha steckte es weg.

"Kann ich dir eine persönliche Frage stellen?"

"Warum nicht? Wir sind schon persönlich geworden."

Sie schluckte.

"Was würdest du als Meister mit deinem U-Boot machen, wenn sie in dieser Position wäre? Auf ihren Knien mit gefesselten Händen."

"Gibt es einen bestimmten Grund, warum du das wissen willst?"

"Ich bin nur neugierig. Es wird mir beim Schreiben von Hausaufgaben helfen, da ich verstehen würde, was ein wahrer Meister in dieser Situation tun würde."

Er dachte einen Moment nach.

Vielleicht dachte er darüber nach, was er tun würde.

Vielleicht fragte er sich, ob er es sagen sollte oder nicht.

Samantha konnte es nicht sagen.

Schließlich gab der Professor seine Antwort:

"Ich würde deinen Hals trainieren."

Sie war kurz überrascht.

"Ich, ich denke du meinst ..."

"Tief in die Kehle. Tut mir leid wegen der Sprache, aber das würde ich tun. Es ist das offensichtlichste in dieser Position, nicht wahr? Du bist auf den Knien. Mit gefesselten Händen hinter deinem Rücken wirst du meinem Mundeintritt nicht widerstehen können."

Samantha spürte, wie sich ihre Muschi zusammenzog.

"Das macht sicherlich Sinn."

"Nun, so kreierst du eine gute Geschichte. Du stellst dir alle Szenarien vor und was als nächstes passieren würde. Wie die verschiedenen Charaktere in jeder Situation reagieren würden. So solltest du denken."

"Ich weiß."

Er hob eine Augenbraue.

"Sie scheinen mehr von Ihrer ganzen Geschichte zu haben, als Sie mir per E-Mail geschickt haben."

"Ich habe ihm alles geschickt", sagte er mit einem spielerischen Ausdruck. "Ich habe auch viele Ideen, aber ich habe sie noch nicht geschrieben. Ich muss die Angst überwinden, dass die Leute meine Gedanken kennen."

"Autoren können keine Grenzen überschreiten, wenn sie sich Gedanken darüber machen, was die Leute denken. Das ist sicher."

"Hast du irgendwelche Tipps dafür?" Fragte er mit leicht hoher Stimme, als würde er etwas vorschlagen.

"Nun, ich habe alle meine Romane auf die gleiche Weise geschrieben, um die bestmögliche Geschichte zu produzieren, die ich erzählen möchte, und in der Hoffnung, dass die Leute sie gerne lesen würden."

"Macht Sinn."

"Aber ich werde es Ihnen nicht empfehlen, angesichts der Art dessen, was wir besprochen haben", fügte er hinzu. "Es muss Ihre Entscheidung sein, welche Art von Geschichte Sie erzählen möchten, wie ehrlich sie ist und wie viel Sex Sie einschließen möchten."

"Was wäre, wenn ich die Grenzen überschreiten wollte?"

"Das ist deine Entscheidung. Aber wie gesagt, sei nicht dumm. Diese Welt ist voller Menschen, die dich für Sex benutzen wollen."

„Was wäre, wenn ich benutzt werden wollte? ""

Der Professor sah ihr direkt in die Augen.

Sie sah ihn an.

Keiner von ihnen war unwissend.

Sie wussten genau, was sich gegenseitig durch den Kopf ging.

"Ich bin zu alt für Spiele, Samantha", sagte der Professor. "Ich war bereits großzügig mit meiner Zeit und meinem Feedback. Wenn Sie also etwas mehr von mir wollen, spielen Sie nicht herum, seien Sie einfach eine erwachsene Frau und sagen Sie es."

Samantha spürte, wie sich ihre Brust zusammenzog.

Sie atmete stärker ein und aus.

"Wirst du mir helfen? Wirst du mich unterrichten?" Sagte er schon zuversichtlich.

"Zeig dir was genau?" fragte er scharf, wie ein Lehrer, der einen schlechten Schüler beschimpft, weil er zu vage sei. "Klar sein."

"Wirst du mein Meister sein?"

"Diese Wahl ist ein Geschenk", sagte er. "Du musst mit Bedacht wählen."

Sie holte tief Luft.

"Habe ich gerade einen schrecklichen Fehler gemacht? Gott, ich bin ein Idiot. Es tut mir so leid. Bitte, ich flehe dich an, lass das nicht unsere akademische Beziehung ruinieren. Ich möchte wirklich weiter mit dir arbeiten."

"Bist du laut, wenn du Orgasmen hast?" er fragte unverblümt.

"Es tut uns leid?"

"Es ist eine einfache Frage. Ich denke, du hast mich richtig gehört."

Sie räusperte sich.

"Ich bin fast normal. Aber alles hängt natürlich von meiner Stimmung und meinem Gefühl ab."

"Heben Sie Ihr Hemd an und dann Ihren BH, um Ihre Brustwarzen freizulegen, wie auf diesen Fotos."

Es war der Moment der Wahrheit.

Das erste Mal, dass Samantha sich einem Mann unterwarf.

Er hob sein sorgfältig gebügeltes Hemd, um seinen nackten Bauch freizulegen.

Dann höher, um ihren weißen BH zu enthüllen, der ihre etwas gestörten Brüste enthielt.

Dann hob sie ihren BH und enthüllte ihre kleinen rosa Brustwarzen.

"Ist das deine Idee mich zu dominieren?" sie fragte und wagte ihn fast, mehr zu tun.

"Es ist ein Anfang. Willst du noch weiter gehen?"

"Ja."

"Spielen Sie mit Ihren Brustwarzen. Prise. Drücken Sie. Ich würde gerne sehen, wie Sie es tun."

Samantha gehorchte dem Lehrer.

Sie kniff und drückte ihre kleinen rosa Brustwarzen, während sie einander weiter in die Augen schauten.

"Ist das meine Einweihung?" Sie fragte.

"Nicht genau. Noch nicht."

Sie streichelte weiter ihre Titten.

"Es ist nicht?"

"Zuerst muss ich sehen, wie mutig du bist. Ein Fotoshooting ist eine Sache, das wirkliche Leben eine andere", erklärte er. "Öffne deine Hose. Spiel für mich mit deiner nackten Vagina. Genau dort. Komm zum Orgasmus, aber mach es ruhig. Dann werden wir besprechen, wie du deine Grenzen weiter verschieben kannst."

Sie knöpfte ihre Hose auf.

"Ich kann das bewerkstelligen."

"Fühlen Sie sich dadurch unwohl?"

"Es ist ein bisschen seltsam", antwortete sie mit einem leichten Achselzucken. "Aber es ist aufregend."

Mit aufgeknöpfter Hose ließ sie ihre rechte Hand über ihr Höschen gleiten und rieb sich den Kitzler.

Sie hielten Augenkontakt, während sie masturbierte, als wäre es eine Herausforderung.

"Was denkst du?" Ich frage.

"Möchten Sie das wirklich wissen?"

"Natürlich ja."

Samantha spielte weiter mit ihrem Kitzler.

"Beide machen zusammen ein Fotoshooting. Ein Bondage-Shooting."

"Was würden wir tun?"

"Du würdest mich fesseln. Dann würdest du meinen Hals trainieren."

"Hart oder weich?"

Sie lächelte.

"Warum sagst du es mir nicht?"

"Ich bin immer nett", antwortete er und sah zu, wie sein Schüler für ihn masturbierte. "Ich würde mir lieber Zeit nehmen und langsam gehen. Wenn ich dich deepthroaten würde, wäre es auf seltsame Weise fast romantisch. Ich würde sehr langsam gehen. Sicherstellen, dass du die richtige Menge nehmen kannst. Wenn du daran gewöhnt bist, würde es etwas schneller gehen, a etwas härter ".

Samantha rieb sich schneller den Kitzler und hörte zu, wie ihr Lehrer sprach.

Sie stellte sich das Szenario vor, das er erzählte, als er sprach.

"Oh Gott", keuchte er und rieb sich schneller.

"Ich denke, du bist bereit, unterwürfig zu sein. Und vielleicht möchte ich dein Meister sein."

Samantha schnappte erneut nach Luft, als sie ihren Höhepunkt erreichte.

Es gab keine Schande oder Ähnlichkeit, als sie kam und dem Professor in die Augen sah.

Er war für einen Moment fast außer Atem, als sich sein Körper anspannte und er dann losließ.

Sie zitterte leicht, als alles vorbei war.

Die Lehrerin stand auf und ging zu der Schülerin, die sich immer noch von ihrem Orgasmus erholte.

"Gut gemacht", sagte er.

Die Lehrerin zog Samanthas BH an und steckte ihre Brüste ein, um ihre Brustwarzen zu bedecken.

Dann senkte er ihr Hemd und stellte sicher, dass es schön und ordentlich war.

Dann half er ihr, ihre Hose zuzuknöpfen.

Als die Lehrerin Samantha angezogen hatte, sah sie brandneu aus, mit einem hellen Gesichtsausdruck und leicht feuchten Fingerspitzen.

"Was kommt als nächstes?" Sie fragte. "Für uns."

"Als nächstes? Ich habe bald Unterricht. Ich muss gehen. Und wenn ich mich nicht irre, hast du auch bald Unterricht."

"Ich hab es geschafft."

"Willst du dich wieder treffen?"

Sie nickte.

"Ich will es."

"Nur um deine Schreibaufgabe zu besprechen?"

Sie zögerte mit zitternder Stimme.

"Ich möchte, wissen Sie, das fortsetzen. Mein Training. Diese Erfahrung ist hilfreich für meinen Schreibprozess."

"Und was noch?"

Sie wusste genau, was der Lehrer hören wollte.

"Und ich finde das sehr aufregend", antwortete sie ehrlich. "Es ist meine große Fantasie. Ich bin für dich gekommen und habe an dich gedacht. Ich möchte deine Unterwürfige sein."

"Montag. Komm her, in mein Büro, um sieben Uhr morgens."

"Warum so früh?"

"Falls du versehentlich schreist, möchte ich nicht, dass jemand es hört."

Samanthas Augen weiteten sich und ihre Muschi ballte sich zusammen.

KAPITEL IV

Am Wochenende nahm sie mit demselben Fotografen an einem weiteren Fotoshooting teil.

In der gleichen Studie.

Mit dem gleichen Zubehör.

Die Bilder waren riskanter, als sie sich mit ihrer unterwürfigen Sexualität und ihren Vorlieben vertraut machte.

Sie bat darum, dass die Saiten enger werden sollten.

Sie wollte versuchen zu fühlen, wie es war, wirklich unterwürfig zu sein.

Und genau das hat sie getan.

Das Endergebnis war sehr erotisch, aber mit gutem Geschmack gemacht.

Samantha war wieder auf den Knien, die Handgelenke vor sich gebunden und eine schwarze Maske im Gesicht.

Während des Fotoshootings in all den körperlichen Ausdrücken, die sie durchführte, strahlte sie eine hohe Sinnlichkeit aus, weil sie ständig dachte, dass der Lehrer sie trainierte.

Zurück im Schlafzimmer schrieb Samantha mit großer Intensität auf ihren Laptop und saß in ihrer Lieblingsschreibposition auf ihrem Bett, den Rücken gegen das Kissen gelehnt.

Seine Mitbewohnerin Vicky lag auf dem angrenzenden Bett und trug nur ein T-Shirt.

Als Vicky ihren Körper streckte, war ihre Muschi freigelegt, aber beide waren inzwischen an den Körper des anderen gewöhnt.

"Alles was Sie tun, ist zu schreiben", sagte Vicky. "Das Ding langweilt dich nie?"

Samantha schrieb weiter.

"Auf keinen Fall."

"Du wirst in diesem Semester wahrscheinlich gute Noten mit allem bekommen, was du geschrieben hast. Komm schon, lass uns Burger und Shakes essen gehen."

"Ich muss auf meine Ernährung achten."

"Dann iss einfach den Burger und lass den Shake aus."

Samantha machte eine Pause und sah ihre Mitbewohnerin an.

"Das ist keine schlechte Idee. Es ist zu lange her, seit ich das letzte Mal einen Hamburger hatte."

"Mein Geschenk. Und ich kenne den Ort genau", sagte Vicky und sprang aus dem Bett.

Samantha wollte gerade ihren Laptop schließen, als sie sich an etwas erinnerte.

Sie suchte nach den Fotos.

"Warte, kann ich dir etwas sehr schnell zeigen?"

Vicky ging hinüber und betrachtete die expliziten Bilder auf dem Laptop.

Bilder einer teilweise nackten Samantha auf den Knien, mit gebundenen Handgelenken und auffälligen sinnlichen Posen.

"Verdammtes Mädchen", rief Vicky aus. "Bist du es wirklich?"

"Ja."

"Ich hatte keine Ahnung, dass du so sein könntest ..."

"Sexsymbol?" Samantha scherzte. "Ich versuche diese Seite versteckt zu halten."

Vicky lachte.

"Nun, was auch immer Sie tun, machen Sie weiter so. Bei dieser Geschwindigkeit brauchen Sie nicht einmal einen Hochschulabschluss, Sie könnten ein professionelles Model sein."

"Ich bevorzuge meine derzeitige berufliche Laufbahn."

"Was auch immer für dich funktioniert. In der Zwischenzeit habe ich Hunger. Lass uns anziehen."

Samantha sah zu, wie ihre Mitbewohnerin zum Schrank ging, ihr Hemd auszog und sie völlig nackt zurückließ.

Wie immer war Samantha ein wenig beeindruckt, dass Vicky in der Brustabteilung mit großen, aufmerksamkeitsstarken Titten gesegnet war, aber Samantha versuchte, nicht eifersüchtig zu sein.

Sie fühlte sich auch ein bisschen schuldig, weil sie ihrer Mitbewohnerin nicht von der Situation mit dem Lehrer erzählt hatte.

Seit der High School waren sie immer ehrlich zu allem, besonders zu den Jungen.

Sie haben nie Geheimnisse voreinander bewahrt.

Das war aber anders.

Die Lehrerin ließ Samantha versprechen, es niemandem zu erzählen, und Samantha hielt immer ihr Wort.

Bevor Samantha aus dem Bett aufstand, eröffnete sie schnell ihr Google Mail-Konto und schrieb eine Nachricht für ihren Lehrer.

Sie fügte die neueste Version ihrer Schreibaufgabe bei.

Dann fügte er die letzten Fotos der Sklaverei bei, die er an diesem Tag gemacht hatte.

Geschickt.

Samantha steckte den Laptop weg, zog sich aus und zog sich neben ihrer Mitbewohnerin aus.

Ich musste dringend etwas mit Kalorien beladenes essen.

DRITTER TEIL
DIE STRINGS

KAPITEL I

Als Montagmorgen ankam, machte sich Samantha keine Sorgen mehr um ihr Outfit oder Aussehen.

Nicht wie bei den anderen Gelegenheiten, bei denen er sich mit dem Professor getroffen hatte.

Sie war es bereits gewohnt, den Lehrer privat zu sehen, und hatte bereits für ihn masturbiert.

Sie trug eine einfache Bluse, ein Pferdeschwanzhaar und ein leichtes Make-up im Gesicht.

Es war auch zu früh, um etwas anderes zu tragen.

Es gab auch die kurzen Anweisungen, die der Lehrer ihm am Abend zuvor per E-Mail geschickt hatte.

Er bat sie, einen kurzen Rock und kein Höschen zu tragen.

Eine Bitte, die sie unbedingt erfüllen wollte, obwohl sie keine Ahnung hatte, was passieren würde.

Der Professor kam ungefähr zur gleichen Zeit im Gebäude an.

Zu dieser Tageszeit war kaum jemand in der Nähe.

Sie trug ihre übliche Bürotasche, die normalerweise ihren Laptop und Bücher für den Unterricht enthielt, sowie Schlüssel in der Hand, um ihre Bürotür zu öffnen.

Zu diesem Zeitpunkt war ihre Beziehung ungezwungen geworden und als sie sich sahen, wunderten sie sich über das Wochenende des anderen.

Samantha hatte das Gefühl, dass sie etwas koketter mit ihm wurde, und der Lehrer war viel weniger streng als im Klassenzimmer.

Der Professor schloss die Tür ab, sobald sie das Büro betraten, was ungewöhnlich war, da er sie nie verschlossen hielt, wenn sie drinnen waren.

Als sie sich gegenüber saßen, änderte sich das Gespräch.

"Ich habe Ihr Dokument gelesen", sagte er. "Und ich habe deine Fotos gesehen."

Dies machte sie aus irgendeinem Grund nervös, den sie nicht erklären konnte.

Sie versuchte die Tatsache zu verbergen, dass sie kurz zappelte, da sie ihm keinerlei Schwäche zeigen wollte.

"Was hast du über all das gedacht?"

"Ich denke, Ihr Schreiben ist solide. Die Struktur der Geschichte ist gut. Tadellose Grammatik. Sie haben ein gutes Verständnis der englischen Sprache und ich mag es, dass Sie die Beschreibungen variieren. Am wichtigsten ist, dass die Geschichte und die Charaktere gut entwickelt sind. Es fühlt sich autobiografisch an. Es ist lebendig. Das gefällt mir. "

Zu jeder anderen Zeit wäre Samantha von den Auszeichnungen, die sie gerade von einem Lehrer erhalten hatte, den sie zutiefst respektierte, völlig geschmeichelt gewesen.

Aber jetzt, da sie ohne Höschen saß, war das das Letzte, woran sie dachte.

"Was denkst du über die Fotos?"

"Du bist eine schöne junge Frau, Samantha", sagte er. "Das habe ich immer über dich gedacht."

"Du wolltest, dass ich um sieben Uhr morgens hierher komme, wenn sonst niemand da ist. Du hast mir gesagt, ich soll einen Rock tragen. Und ich trage auch kein Höschen."

"Also bist du hergekommen, nur um trainiert zu werden, oder?"

Sie nickte.

"Bin ich lächerlich?"

"Steh auf und schau nach vorne."

Samantha stand auf, passte Hemd und Rock an, damit es ordentlich aussah, und schaute nach vorne.

Die Lehrerin stand ebenfalls auf und näherte sich ihr, sah ihr hübsches junges Gesicht genau an und versuchte, ihre Mimik zu lesen.

Samanthas Lippen schienen sich zu verengen.

Sein Körper war angespannt und steif, aber in seinen Augen schimmerte es leicht, als hätte er lange darauf gewartet.

"Ich mag dich wirklich, Samantha", sagte er. "Sie sind klug, motiviert, sehr nett und schön."

"Danke", sagte sie fast flüsternd.

"Ich muss dir sagen, dass ich es genieße, Meister zu sein. Das nehme ich sehr ernst. Und ich gebe meinen Dienern immer die größte Sorgfalt."

Diener? Samantha gefiel es, wohin das führte.

"Ich verstehe", antwortete sie.

"Was ist mit dir? Aufgrund unseres Altersunterschieds und meiner Position an der Universität werden wir niemals in der Lage sein, uns zu verabreden. Wir werden niemals in der Lage sein, romantisch zu werden. Stört dich das?"

"Ich kann ein Geheimnis für mich behalten. Und ich bin zu beschäftigt, um einen Freund zu haben."

"So süß, dass Samantha einen Meister sucht? Aus purer sexueller Not, nicht wahr?"

"Ich denke du weißt es schon", sagte er leise.

"Hast du darüber nachgedacht? Ich bin dein erster Meister? Gib dich mir vollständig hin? Ich werde nie zur Hälfte gehen. Sobald du mir gehörst, werde ich mit dir machen, was ich will. Ich werde dich an deine Grenzen bringen. Aber wenn du es beenden willst. wird es vorbei sein."

Samanthas Muschi ballte sich zusammen.

"Das ist es, wonach ich suche. Ich wollte immer unterwürfig sein. Und ich möchte mit dir zusammen sein."

"Weil ich?" er hat gefragt.

Sie wurde nervös.

"Wegen deiner Erfahrung damit. Ich liebe es, dass du so vorsichtig bist. Und ich liebe, wie du denkst. Wer du bist. Ich liebe die ganze

Lehrer-Schüler-Sache. Ich liebe die maßgebliche Macht, die du über mich hast."

"Heb deinen Rock hoch."

Samantha hob ihren Rock und enthüllte ihre sauber rasierte Vagina und ihren nackten Hintern.

Sie war nervös und ihre Hände zitterten leicht, als sie ihren Rock hielt.

"Sie sind persönlich schöner als auf Fotos", sagte er.

"Dankeschön."

"Jetzt bück dich. Leg deine Hände auf meinen Schreibtisch. Spreize deine Beine."

Samantha gehorchte.

"Was wirst du machen?"

"Ich werde dir einen großen Gefallen tun. Dies ist für deine Schreibaufgabe. Ich mag, wohin deine Geschichte führt. Aber du musst einige Dinge lernen. Wenn du richtig über eine sexuelle Reise schreiben willst, dann möchte ich, dass du es als dein Lehrer tust." Erfahrung aus erster Hand. "

Samanthas Muschi drehte sich, als sie ihre Position auf dem Schreibtisch hielt.

Er hielt seine Augen geradeaus, als der Professor durch seine Bürotasche griff.

Er hatte keine Ahnung, wonach er suchte, und er wollte auch nicht suchen.

Ich hatte zu viel Angst zu schauen.

Sie wollte einfach die Dinge weitergehen lassen.

Seine Hände begannen ihren glatten Hintern und ihre straffen Schenkel zu reiben.

"Was für schöne Beine", sagte er. "Ich werde einen Stecker in deinen Hintern stecken. Hast du jemals einen von denen gefühlt?"

Glaubst du, es wird mir gefallen? .

"Wenn Sie sich entspannen und das tun, was ich Ihnen sage, werden Sie viele Dinge genießen."

Der Professor knetete seinen Hintern wie Teig.

Drücken Sie fest und massieren Sie.

Als er seinen Hintern ausbreitete, fühlte sich Samantha sehr ausgesetzt.

Sie wusste, dass er tief in ihren Anus sah.

Dann ließ er es los.

"Das kann sich ein bisschen kalt anfühlen", sagte er und öffnete ein Schmiermittel.

Samanthas Körper zuckte zusammen, als der Professor ihren Anus mit seinen geschmierten Fingern berührte, aber sie erlangte schnell wieder die Kontrolle und blieb still.

Seine Finger umkreisten ihren Anus, bevor er nach innen stieß und ihr Rektum mit dem Anal-Gleitmittel überzog.

"Magst du Analsex?" Ich frage.

"Oh ja. Aber nur wenn ich gut gelaunt bin. Wie du sehen kannst, bin ich da hinten ein bisschen gequetscht."

"Es fühlt sich so an. Jetzt entspann dich, das wird sich zuerst etwas unangenehm anfühlen, aber du wirst dich daran gewöhnen. Ich verspreche es."

Nachdem er seinen Finger weggezogen hatte, drückte der Professor einen Stecker gegen Samanthas Anusring.

Es war vier Zoll.

Überschaubar für jede Dame.

Er drückte leicht und der Stopfen ging dank des Gleitmittels durch den Ring seines Anus.

Samanthas Körper drehte sich und schnappte nach Luft, aber sie behielt ihre Gelassenheit.

Er schob es, bis es vollständig drinnen war.

Der Butt Plug wurde so konstruiert, dass er vier Zoll hineinpasst. Dann wurde er von einer ebenen Fläche gestoppt, damit Samantha später ohne allzu große Unannehmlichkeiten sitzen konnte.

"Jetzt werde ich etwas in deine Vagina einführen", sagte er. "Ein kleiner Vibrator, den nur ich kontrollieren kann."

Samantha schüttelte ihren Hintern.

"Ich bin deiner Gnade ausgeliefert."

"Gutes Mädchen."

Der Professor griff in seine Bürotasche und holte einen kleinen, etwa fünf Zentimeter langen Vibrator heraus, an dem sich Riemen festbinden ließen.

Er teilte Samanthas dünne braune Lippen und enthüllte ihren rosa Schlitz.

Sie war nass, also wusste er, dass sie angemacht war.

Dann drückte er den Vibrator gegen ihr feuchtes Loch und drückte.

Der Eintritt war einfach, zumal Samanthas Beine gespreizt waren und ihr Geschlecht eingeschaltet war.

Zoll für Zoll drang der Vibrator in Samanthas Fotze ein.

Sie drückte ihre Hand auf den Tisch und genoss das Gefühl des Eingangs, und sie genoss auch die Tatsache, dass es der Lehrer war, der es tat.

Sobald der kleine Vibrator vollständig eingelegt war, befestigte der Lehrer die Gurte um Samanthas Beine und hinten, bis der Vibrator vollständig gesichert war.

"Egal wie stark das kleine Ding vibriert, ich gehe nirgendwo hin." Sie dachte

"Nehmen Sie jetzt Platz", sagte der Professor.

Samantha richtete sich auf, passte ihren Rock an und lehnte sich auf dem Sitz gegenüber dem Schreibtisch zurück.

Es war etwas umständlich, wie ich erwartet hatte.

Es war mein erstes Mal, dass ich einen Butt Plug trug, und es war seltsam, mich hinzusetzen.

Sein Rektum war ausgestreckt und er hatte das Gefühl, dass sein Hintern bereits schmerzte.

Der Vibrator in ihrer Muschi war auch ein seltsames Gefühl.

Ich habe so etwas noch nie gefühlt.

Wenn sich etwas in dieser Größe und Form in ihrer Muschi befand, lag Samantha normalerweise auf dem Rücken oder auf allen Vieren und setzte sich nicht hin.

Zusammen war das Gefühl surreal.

Beide Löcher waren mit Sexspielzeug gefüllt.

Und das hatte einen Grund.

So unangenehm es auch war, es war auch sexuell aufregend.

"Dann werde ich dich an den Stuhl binden", sagte er.

Sie schluckte.

"Ich kann das bewerkstelligen."

Der Professor blieb seinem Wort treu.

In seiner Bürotasche befanden sich blaue Schnüre, die eine glatte Textur zu haben schienen.

Als Samanthas linkes Handgelenk an die Couch gebunden war, sah sie, dass sie Recht hatte.

Das Seil fühlte sich weich an ihrer kostbaren Haut an.

Der Knoten, den der Lehrer machte, schien professionell und korrekt zu sein.

Und er tat es mit dem perfekten Druck.

Der gleiche Vorgang wurde mit seinem rechten Handgelenk wiederholt.

Dann kamen seine Knöchel.

Sie sah zu, wie die Lehrerin den Vorgang geschickt mit jedem ihrer Knöchel wiederholte.

Sie sah ihn an und staunte über seine Fähigkeiten.

Er war sicherlich ein erfahrener Meister, besonders wenn es um Streicher ging, dachte sie.

Kein Wunder, dass der Professor Samanthas Bondage-Fotos so verstand, dass sie genau den gleichen Fetisch hatte, dachte er.

Als er fertig war, war Samantha komplett an den Stuhl gebunden, mit Sexspielzeug in ihrem Hintern und ihrer Vagina.

Dies war eine andere Art von Euphorie als die Teilnahme an einem Fotoshooting.

Das war echtes Leben.

Und er war völlig seinem Lehrer ausgeliefert, den er zutiefst bewunderte.

Er lehnte sich zurück, lehnte sich gegen seinen Schreibtisch und sah sich seine Arbeit an.

Samantha ist an den Sitz gebunden.

"Ich wünschte, Sie könnten sich selbst sehen", sagte der Professor. "So schön, so wehrlos. Die perfekte Darstellung der Unterwerfung."

Sie nickte.

"Danke dir."

"Ist es das, was du erwartet hast? Wie fühlst du dich? Bereust du das? Ist es demütigend? Sag es mir und sei präzise."

Sie sammelte ihre Gedanken.

"Ich fühle mich lebendig. Als wäre ich bei dir in Sicherheit. Weil ich weiß, dass du mich niemals verletzen würdest. Das ist Trost. Und ich liebe es, unter deiner Kontrolle zu sein. Deine sexuelle Kontrolle. Ich gebe mich dir. Ich weiß nicht, ob ich es jemals vollständig erklären könnte. aber so fühle ich mich. "

"Da ist es", sagte er. "Das sind die Gedanken, an die Sie denken müssen, um eines Tages eine großartige Schriftstellerin zu werden. Sie werden eine Frau, die im Einklang mit sich selbst steht. Gedeihen."

"Ich möchte es auch fühlen."

"Ich bin dir einen Schritt voraus", sagte er und hielt ein kleines Gerät hoch. "Diese Tasten steuern den Vibrator in dir. Was bedeutet, dass ich jetzt deinen Körper und Geist kontrolliere. Möchtest du immer noch den Lebensstil erleben, nach dem du dich so lange gesehnt hast?"

"Ja ..."

Sobald diese Worte seinen Lippen entkamen, drückte der Lehrer einen Knopf, der die Aktivierung des Vibrators auslöste.

Samanthas ganzer Körper zuckte zusammen und ihr Gesicht verzog das Gesicht.

Ihre Arme zogen unwillkürlich an den Seilen, als sie zog, aber ohne Erfolg waren die Seile zu stark.

"Das ist nur der erste Schritt", sagte er.

Das Sexspielzeug vibrierte weiter in ihrer Muschi.

"Oh Gott, das fühlt sich an ... Ich habe noch nie einen solchen Vibrator benutzt. Es fühlt sich so an ..."

Die Lehrerin beobachtete aufmerksam, wie sich die Schülerin windete, als sie einen weiteren Knopf drückte und den Vibrator um eine weitere Stufe erhöhte.

Samantha sah atemlos aus, als sich ihre Augen weiteten und ihr Mund ein O bildete.

Es schien, als wäre er für einen Moment außer Atem, als der Vibrator seine Magie ausübte.

"Dies ist die Essenz der Unterwerfung", sagte der Professor. "Ich habe die volle Kontrolle. Du bist völlig verloren. Und es ist meine Pflicht, dich kommen zu lassen. Jetzt musst du dich nicht mehr fragen, wie es ist. Du erlebst es aus erster Hand, nicht wahr?"

Sie bemühte sich zu sprechen.

"Ja ..."

"Möchtest du zum Orgasmus kommen?"

Sie nickte.

"Ja ..."

Seine Stimme verstummte, als die Vibration überwältigend wurde.

Dann drückte der Professor den Schalter, der den Vibrator auf die höchste Stufe brachte.

Dies ließ Samanthas ganzen Körper zucken und ihre Hände ballten sich.

Sein Gesäß drückte unwillkürlich gegen seinen Gesäßpfropfen.

Seine Augen schlossen sich und er stöhnte laut auf.

Als Samantha weinte und schrie, senkte der Lehrer den Vibrator auf die erste Stufe und Samantha konnte sich beruhigen.

"Sie sind zu laut", sagte der Professor. "Wir könnten erwischt werden, wenn du so schreist."

"Es tut mir so leid", antwortete sie und atmete schwer, als das Sexspielzeug immer noch in ihrer Muschi summte. "Das war so intensiv. Ich habe so etwas noch nie gefühlt."

"Aber du willst trotzdem zum Orgasmus, oder?"

Sie nickte wie ein süßer Welpe.

"Natürlich ja."

"Dann muss ich dich irgendwie würgen. Irgendwelche Vorschläge, was ich in deinen Mund stecken kann, um dich ruhig zu halten?"

Es war eine rhetorische Frage.

Sie wussten es beide.

Samantha war klug genug, um zu verstehen, was der Professor vorschlug.

Und sie liebte ihn auch von ganzem Herzen.

"Dein Schwanz."

Er lächelte.

"Nur um dich ruhig zu halten? Oder willst du, dass ich deinen Mund trainiere?"

"Ich möchte trainiert werden. Tief in die Kehle, genau wie ich es mir vorgestellt habe."

"Gutes Mädchen."

Der Professor legte die Fernbedienung hin und begann, seine Hose aufzuknöpfen.

Samantha sah mit eifrigen Augen zu, wie der Professor sich freigab.

Sie bemerkte, dass er fast vollständig aufgerichtet war und seine Größe ziemlich beeindruckend war.

Das machte sie nur noch mehr an.

Er trat vor, sein Schwanz baumelte vor Samanthas Gesicht, die Fernbedienung wieder in der Hand.

"Ich werde meinen Schwanz in deinen Mund stecken", sagte er. "Du wirst es lutschen. Und du wirst tief in die Kehle gehen. Gleichzeitig werde ich dich mit dem Vibrator abspritzen lassen. Verstehst du mich?"

"Ja", nickte er.

"Erinnere dich an dieses Gefühl. Benutze dieses Gefühl für dein Schreiben. Vielleicht wirst du es lieben. Vielleicht wirst du es hassen. Aber zumindest hast du es versucht."

"Ich will es. Mehr als alles andere."

Damit führte der Professor seinen Schwanz zu Samanthas Gesicht.

Sie öffnete den Mund und akzeptierte es.

Er glitt zwischen ihre Lippen und sie schlang ihre Lippen um ihn und saugte an ihm.

Der Professor schnappte nach Luft.

"Dein Mund ist wie ein Engel", sagte er. "Saugen Sie weiter."

Und Samantha tat es.

Sie saugte und schüttelte den Kopf, so gut sie konnte.

Er konnte nur seinen Hals hin und her bewegen.

Sie arbeitete mit ihren Lippen und ihrer Zunge.

Sie saugte gut an ihm und schwang ihre Zunge um die Spitze seiner Erektion.

Es war etwas, von dem sie wusste, dass Männer es absolut liebten.

Und sie liebte es.

Sie liebte es auch zu fühlen, wie sein Schwanz in ihrem Mund hart wurde.

"Entspann dich", sagte er. "Ich werde tiefer gehen. Kämpfe nicht dagegen an."

Der Professor legte eine Hand auf Samanthas Kopf, stieß sie dann sanft an und drückte seinen Penis tiefer.

Sie würgte ein wenig, dann wich er zurück.

Jetzt kannte er Samanthas mündliche Grenzen.

Das Mädchen hatte einen normalen Übelkeitsreflex.

Er ging wieder hinein, genau dort, wo das Spiegelbild von Samanthas Übelkeit war, und dort kam er.

Er wollte ihren Hals sexuell trainieren, sie nicht zum Erbrechen bringen.

"Jetzt werde ich dich kommen lassen", sagte er. "Entspanne deinen Körper. Du bist jetzt unter meiner Kontrolle."

Der Professor drückte den Knopf und der Vibrator kehrte auf die höchste Stufe zurück.

Samantha wand sich auf dem Sitz und wurde wie eine Sklavin behandelt.

Ihr Gesäß zog den Stopfen in ihrem kleinen Loch noch einmal fest.

Seine Augen tränten.

Seine Hände bildeten enge Knoten.

Seine Finger ballten sich in seinen Schuhen.

Das kleine Büro war erfüllt vom Klang des kleinen, aber starken Vibrators, der seine Magie in Samanthas feuchter Muschi ausübte.

Es gab auch Geräusche von Würgen und gedämpftem Quietschen in Samanthas Mund.

Lewd saugt und saugt Geräusche.

"Saugen Sie weiter", sagte er. "Du kannst beides. Saug es auf und hast gleichzeitig deinen Orgasmus."

Samantha konzentrierte sich wieder darauf, den Schwanz des Professors zu lutschen.

Vielleicht werden dadurch die extremen Gefühle in seiner unteren Region beseitigt, dachte er.

Sie tat ihr Bestes, um ihre Zunge um das Mitglied zu bewegen, aber es war schwierig, da sein Schwanz bis zu ihrem Hals reichte.

Er versuchte auch, so gut er konnte mit seinen Lippen zu arbeiten.

Sie hatte noch nie zuvor einen Kerl tief in die Kehle gesteckt, daher war dies eine ungewöhnliche Lernerfahrung für sie.

Während sie saugte, wurden die Empfindungen in ihrer Muschi zu einer starken Intensität.

Der Druck wuchs und wuchs.

So auch der Schmerz, der durch die anhaltenden Vibrationen verursacht wurde, zusammen mit dem Schmerz in ihrem Rektum und dem Schmerz, wo ihre Gliedmaßen gebunden waren.

Sie machte ein Geräusch, das von seinem Schwanz gedämpft wurde.

"Bist du kurz vor dem Abspritzen?"

Seine tränenden Augen sahen den Professor an.

Mit Hündchenaugen.

Sie nickte leicht, so gut sie konnte, ohne den Schwanz des Professors zu verletzen.

Der Professor lächelte.

"Komm für mich, Schatz. Entspann dich einfach und lass es geschehen."

Samantha schloss die Augen und konzentrierte sich darauf, seinen Schwanz zu lutschen, der an ihrer Kehle war, zusammen mit den starken Gefühlen in ihrer Unterregion.

Sicher genug, der Orgasmus kam.

Jetzt konnte er seine Fäuste und Zehen nicht mehr halten.

Seine Muskeln entspannten sich.

Sein Körper schmerzte.

Sie fühlte eine starke Befreiung in ihrer Muschi.

Der Druck erreichte seinen Höhepunkt und der Orgasmus war unbeschreiblich.

Als er ankam, fühlte er sich sprudelnd.

Flüssigkeiten sprudelten aus ihrer Muschi, bedeckten den Vibrator und machten ein Chaos, wo sie saß.

Normalerweise hatte sie Angst vor dem Durcheinander, das er in ihrem Schoß anrichtete, da sie mit diesem Orgasmusfleck die Flure entlang und über den Campus gehen musste.

Aber dies war kein normaler Moment, nicht in diesem Moment.

Das einzige, was ihm wichtig war, war dieses intensive Gefühl.

Sonst war nichts wichtig.

Schlagen Sie den nassen Rock.

Dies war der unglaublichste Orgasmus ihres ganzen Lebens.

Sie atmete schwer mit geschlossenen Augen.

Dann entspannte er sich und seufzte.

Zu diesem Zeitpunkt wusste der Lehrer, dass er gerade mit dem Abspritzen fertig war.

Es hatte keinen Sinn, Samantha mehr zu belästigen, also schaltete sie den Vibrator aus.

"Es war wunderschön", sagte er. "Aber jetzt bin ich dran. Hast du noch Energie?"

Sie sah auf und nickte. Ihre Augen bildeten Tränen von dem Orgasmus, den sie gerade erlebt hatte.

Der Professor wiegte die Hüften.

Für den letzten Akt wollte er ihren Mund und Hals ficken und er tat genau das.

Sie saugte weiter.

Als seine Energie zurückkehrte, arbeitete er wieder mit seiner Zunge und seinen Lippen.

"Schluck es", sagte er.

Er hielt Samanthas Kopf mit einer Hand still und streichelte mit der anderen Hand wütend den Schaft seines harten und wütenden Schwanzes, während die Spitze seiner Erektion in Samanthas warmem Mund war.

Samantha war stolz darauf, dass sie den Lehrer so hart machen konnte, und es funktionierte.

Er ließ sie sich sexy, begehrenswert und von ihm begehrt fühlen.

Der Orgasmus schoss dem Schüler in den Mund.

Strahl für Strahl kam Sperma in Samanthas Mund, auf ihrer Zunge und in ihrem Hals.

Mit jedem Spermaschub schluckte Samantha.

Es war etwas, das sie gerne tat, besonders jetzt für den Mann, der ihr gerade diesen denkwürdigen Orgasmus gegeben hatte.

Sie genoss den Geschmack und die Textur seines Samens.

Er schmeckte es in seinem Mund.

Er drehte es mit seiner Zunge.

Das würde sie nicht so schnell vergessen.

Sie saugte weiter, bis alles herauskam.

Dann, als das Sperma aufhörte, schwang sie ihre Zunge um den Kopf seines Schwanzes und leckte die Öffnung.

Als sein Schwanz weich wurde, ließ er ihn aus seinem Mund fallen und gab seinem Kopf dabei einen Abschiedskuss.

Samantha sah ihren Lehrer an, der sie ansah.

Ihre Augen trafen sich.

Es gab ein subtiles Verständnis zwischen ihnen.

Sie wussten, was der andere dachte.

Samantha war ein unterwürfiges Mädchen, das endlich ihre Fantasie erleben konnte.

Und der Lehrer war ein Mann, der seine Liebe zur Ausbildung von Frauen genießen konnte.

"Das ist die Erfahrung, unterwürfig zu sein", sagte sie. "Jetzt weißt du es. Mach mit diesem Wissen, was du willst."

"Ich habe es geliebt. Jede Sekunde", seufzte sie und nahm sich einen Moment Zeit, um sich wieder zu beruhigen.

"Ich bin froh, dass du erfahren hast, was du wolltest. Wenn du ein gutes Mädchen bist, können wir das wieder tun."

Sie schenkte ihm ein zärtliches Lächeln:

"Besser. Weil ich einen langen Roman schreibe."

Als der Lehrer die Handgelenke des Schülers löste, küsste er sie sanft auf die Stirn.

Er war ein mitfühlender Meister.

Und Samantha war eine sehr neugierige und hartnäckige Unterwürfige.

Natürlich würden sie es wieder tun, dachte er.

ENDE

BDSM BIBLIOTHEKAR

"Miss, wären Sie so freundlich, mir zu zeigen, wo die erotischen Bücher sind?" sagte eine männliche Stimme hinter mir.

Ich erstarrte, meine Finger waren auf meiner Computertastatur fixiert.

Für einen Moment schloss ich meine Augen und schluckte.

Ich spürte, wie sich die unteren Muskeln in mir zusammenzogen.

Ich fühlte, wie meine Brustwarzen gegen den Satin meines BHs hart wurden.

Es waren nicht seine Worte, es war seine Stimme.

Das hat er mir angetan.

Ich hörte ihm auch jetzt noch zu, wo er still war, und es weckte mich mit dem Wunsch nach der nötigen Befreiung.

Es war sehr glatt.

Wie weiße Schokoladentrüffel rutschte mein Allheilmittel meinen Hals hinunter.

Tief, genau wie wenn ich ...

Ich atmete ein und ließ langsam den Atem los. Meine Finger kräuselten sich jetzt, als ich versuchte, mein Gleichgewicht zu halten.

"Ich würde Ihnen gerne helfen, Sir."

Ich stieß ein leises, aber hörbares Keuchen und ein unverkennbares Stöhnen aus.

Als ich mich umdrehte, hörte ich mein eigenes scharfes Atmen.

Er stand auf der anderen Seite der Rezeption, die Sonnenbrille noch auf, und seine festen Lippen zitterten leicht.

Mir wurde klar, dass ich lächeln wollte.

Ich fuhr mit meinen Augen über die Linien seines roten Schnurrbartes und seines Spitzbartes. Meine Zunge ragte heraus, um meine Unterlippe zu lecken, während ich versuchte, der Bewegung zu widerstehen.

"Die erotischen Bücher, Miss?"

Ich hob die Augen und stellte mir vor, welche Ideen ihm durch den Kopf gehen würden.

"Ja, Sir, auf diese Weise."

Ich ging um die Theke herum, meine Knie zitterten ein wenig.

Ich blieb stehen, um wieder ins Gleichgewicht zu kommen, und verfluchte mich dafür, dass ich heute die schwarzen Absätze trug.

Es wäre die Hölle, die Treppe zum Unterdeck hinunterzugehen.

Ich spürte die Hitze seines Körpers hinter mir, als wir zum Referenzabschnitt gingen.

Ich hielt meine Hände fest auf meinen Seiten und wollte ihn erreichen.

Ich wollte hinter ihm am richtigen Ort sein und mich von ihm führen lassen.

Aber ich behielt meine professionelle Gelassenheit und machte mich auf den Weg durch die Regale der Enzyklopädien.

"Ladies first", sagte er, als wir den Zugang erreichten, der nach unten führte.

Ich verdrehte die Augen und wusste, dass ich sie nicht sehen konnte.

Aber ein Teil von mir wünschte, er hätte es getan.

Ich unterdrückte ein Kichern und griff nach dem Handlauf, um den langsamen Abstieg zu beginnen.

Ich könnte ein böses Mädchen sein, wenn ich wollte.

"Gab es etwas Besonderes, das Sie gesucht haben, Sir?"

"Die Erotik-Romantik-Sektion. Ich habe den Namen, den ich suche, auf ein Stück Papier geschrieben. Lassen Sie mich sehen, ob ich ihn finden kann."

Wir waren ohne Unfälle am Boden angekommen, obwohl meine Ferse zweimal am Rand der schmalen Metallstufen hängen geblieben war.

"Neuer oder gebrauchter Herr? Der Rest der neuen Taschenbücher wird auch hier aufbewahrt. Wir bewahren sie nur ein paar Monate oben auf."

"Neu, besser."

"Dann müssten wir diesen Weg gehen", sagte ich ihm, bog nach links ab und ging in einen schwach beleuchteten Flur, wobei meine Herzfrequenz mit jedem Schritt anstieg.

Sein Atem wurde schwerer, als er mir folgte.

Unsere Schuhe klickten im Untergeschoss, und das Geräusch wurde durch die Bücherregale gedämpft, die uns umgaben.

Über uns summte und flackerte ein Licht.

Ich nahm mir vor, die defekte Glühbirne zu melden.

"Wie war der Name des Buches?"

"Ich kann meine Notiz scheinbar nicht finden. Aber der Autor begann mit E und nannte Sanders, Erika? Ich würde den Titel kennen, wenn ich ihn sehen würde."

Ich zeigte auf eine Reihe von Regalen auf der anderen Seite des Raumes.

"Dann wäre es besser, dort anzufangen."

"Nachdem du vermisst hast."

Ich fühlte seine Hand auf meinem Rücken, als wir uns dem richtigen Abschnitt näherten.

Ich schloss kurz die Augen und wollte stöhnen.

Es schien lange her zu sein, seit ich ihre Berührung spürte, obwohl es heute Morgen erst früh gewesen war.

Durch meine Bluse konnte ich fühlen, wie die Hitze seiner Haut meine verbrannte.

"Ich könnte dir beim Suchen helfen, wenn du mir einen Hinweis geben könntest. Ein Wort vielleicht?"

"Sex. Ich denke, es hatte etwas mit Sex zu tun."

Seine Stimme war ein leises Flüstern an meinem Ohr.

Dann drückte er sich gegen mich und schob mich zu einem kleinen Schreibtisch am Ende des Flurs.

Als ich nicht weiter gehen konnte, erhöhte es den Druck auf meinen unteren Rücken und lehnte mich nach vorne.

"Aber mein Interesse am Lesen nimmt gerade ab. Ich würde es lieber erleben."

Ich schnappte nach Luft und griff nach der Schreibtischkante, um mich zu stabilisieren.

Meine Brüste knallten gegen das kalte Hardtop.

Ich stöhnte bei dem Gefühl seiner Erregung durch seine Hose und meinen Rock, als er sich langsam von hinten an mir rieb.

Ich schluckte schwer, als seine Hand weiter nach Süden glitt und meinen Arsch streichelte.

Am Rock festhalten.

Ich zog mein Höschen auf die Knie.

Als seine Finger meine Muschi berührten und zwischen meine geschwollenen Lippen drückten, wimmerte ich laut.

"Shhh"

Er streichelte mich weiter so langsam, dass es verrückt wurde.

Seine andere Hand spielte mit meinen Haaren und lockerte das Brötchen, das ich heute Morgen akribisch platziert hatte.

Ich biss mir auf die Unterlippe und legte meine Wange auf den Schreibtisch.

Ich wimmerte erneut, als seine Hand zwischen meinen Beinen verschwand.

"Sei ein gutes Mädchen. Beweg dich nicht."

Ich hörte ihn seinen Gürtel öffnen und seine Hose öffnen.

Ich hörte sein leises Seufzen, als er wahrscheinlich seinen Schwanz aus den Engen seiner Boxershorts befreite.

Ich hörte mein eigenes Herz wild in meinen Ohren schlagen.

"Jetzt denken Sie daran, Miss, wir sind in einer Bibliothek. Ich habe gehört, dass es strenge Regeln für laute Geräusche gibt. Und die Strafe für das Brechen dieser Regeln ... nun, ich bin sicher, Sie wissen, was die Pflichten eines Bibliothekars sind und all das. ".

Seine Finger streichelten wieder meine Muschi.

Aber etwas stimmte nicht.

Er packte auch meine Hüften mit beiden Händen.

Ich stöhnte vor Freude, als mir klar wurde, dass sein Schwanz mich dort rieb.

Ein lautes Knacken ertönte, als es meinen nackten Hintern traf und mich springen und schreien ließ.

"Ich habe dir eine Frage gestellt, Miss."

"Es tut mir leid, Sir."

"Bist du aufgeregt?"

"Jawohl."

Er drückte sich vorwärts, sein Schwanz drang leicht ein, als er seine Hüften hin und her schaukelte.

Ich spreizte meine Beine so weit ich konnte, während mein Höschen immer noch meine Knie zusammenbrachte.

Sobald er vollständig in mir war, fuhr er mit einer Hand über meinen unteren Rücken.

Er wickelte meine losen Haare um seine andere Hand und zog daran.

Ich schrie und schaute auf die kalte graue Wand.

Er hatte sie so groß in mir und streckte mich weit.

Er keuchte, als er gemächlich ein- und ausging.

Er schlug mich wieder auf den Hintern und beugte mich dann wieder über den Schreibtisch.

"Das ist ein gutes Mädchen. Schön und eng. Sehr nass. So wie dein Lord sie mag."

Ich stöhnte und mein Körper bat ihn, mich zum Höhepunkt zu bringen.

Wieder schwankte ich gegen ihn und folgte seinem Rhythmus.

Das hat mir einen weiteren Schlag eingebracht.

"Beweg dich nicht, Kleiner. Ich ficke dich. Du wirst später deine Chance bekommen. Und halt die Klappe."

Ich habe versucht, keinen Lärm zu machen.

Ich habe mich sehr bemüht.

Ich wusste, dass noch andere Leute in der Bibliothek waren, aber niemand ging in den Keller.

Aber von all den Tagen, an denen jemand hier herumlaufen kann, könnte heute der Tag sein.

Und doch wünschte ich mir auch, jemand würde uns beim Ficken finden, damit ich dieses Stück Exhibitionismus annehmen könnte, das irgendwo in mir verborgen ist.

Als er jedoch eintauchte und sich zurückzog und an meinen Haaren zog, musste ich stöhnen und nach Luft schnappen.

Schreiend, als er sich entschied, mich zu schlagen.

Er hat mich einige lange Minuten gefickt.

Es fühlte sich so gut an.

In diesem Winkel konnte sie jedoch keinen Orgasmus erreichen.

Und er wusste es.

Er ließ meinen Rücken los, packte immer noch meine Haare und schlug auf meinen Arsch.

Stark.

Seine Stimme zischte, als er fragte:

"Magst du das Baby?"

Ich knurrte.

"Ja, Sir! Ich mag es hart"

"Ja, was, Kleiner?"

Es traf mich wieder.

Die hohen Geräusche und kurzen Schmerzen, als seine Hand sich mit meiner nackten Haut verband, konkurrierten mit meinen Schreien.

Zumal er seinen großen Schwanz weiter in meine Muschi schob.

Ich konnte nicht denken.

Ich konnte nicht sprechen

"Ich warte."

Ein weiterer Treffer.

"Wenn ich liebe!" Ich keuchte.

"Gutes Mädchen."

Seine freie Hand glitt unter mich und streichelte meinen Kitzler.

Ich schrie, als mein Körper zitterte.

Aber es war nicht lange genug.

Seine Hand verschwand und er zog sich plötzlich vollständig zurück.

"Steh auf, Kleiner, und dreh dich um."

Meine Beine waren taub, als ich gehorchte.

Ich lehnte meinen Hintern für einen Moment gegen den Schreibtisch, aber er zog mich sofort wieder hoch und verzog das Gesicht.

Ich hätte nicht gedacht, dass ich ein paar Stunden sitzen könnte.

"Zieh Dich aus."

Ich öffnete meinen Mund, schloss ihn aber, als ich sah, dass er seinen Kopf nach unten neigte und mich über die Kante seiner Sonnenbrille hinweg ansah.

Ich knöpfte meinen Rock auf, schob ihn herunter und zog dabei mein Höschen herunter.

Ich knöpfte meine Bluse auf, zog sie aus und legte meinen BH auf den wachsenden Haufen auf dem Boden.

Er sah mich mit einem Lächeln auf den Lippen an, und seine Zunge ragte jedes Mal heraus, wenn mehr von meiner Haut sichtbar wurde.

Dann lockerte er seine Krawatte und ließ sie los.

Er drehte seinen Finger in der Luft.

Ich drehte mich noch einmal um.

Lautlos nahm er meine Hände, zog sie hinter meinen Rücken und band sie mit seiner Krawatte zusammen.

Dann drückte er meine Schulter und ich sah ihn wieder an.

"Zurücklehnen."

Ich biss mir auf die Unterlippe, gehorchte aber.

Mein Hintern tat immer noch sehr weh, besonders als die Kante des Schreibtisches in meine verletzten Muskeln grub.

Und jetzt, wo meine Hände auch hinter meinem Rücken gefesselt waren, konnte ich sie nicht verwenden, um meinen Körper zu stützen.

"Spreiz deine Beine. Gutes Mädchen."

Er legte seine linke Hand auf meine rechte Schulter, um mich auszugleichen, bevor er meine Muschi mit seiner anderen Hand bedeckte.

Ich schloss die Augen, als zwei seiner Finger zwischen meine geschwollenen Lippen drückten und meinen Kitzler rieben.

Ich ließ meinen Kopf zurückfallen und trat von ihm weg zur Wand hinter mir.

Er zwang meine Beine sich weiter zu spreizen und hob meine Muschi, damit seine Finger tiefer streichelten.

Ich habe alles über den Schmerz vergessen.

Und wie verletzlich es war, wenn uns jemand erwischte.

Ich konnte nur daran denken, diese Klippe zu treffen und mit dem Kopf voran zu fallen.

Ich kletterte, kletterte und kletterte ... stöhnte während meiner Zustimmung.

"Oh Baby. Was habe ich dir über das Schweigen erzählt?"

Ich schnappte nach Luft, als er seine Hand zurückzog und mich auf die Füße zog.

"Geh auf die Knie."

Ich wimmerte, als er mir auf die Knie half.

Meine Hände ruhten auf meinem wunden Hintern.

Die Kanten seiner Krawatte berührten meine Oberschenkel.

Ich konnte immer noch den Stich seiner Berührung spüren, die Wärme meiner Haut, wo seine Hände gewesen waren.

Meine Muschi krampfte sich jetzt von der Leere dort zusammen.

"Öffne den Mund."

Ich legte meinen Kopf zurück und ließ meinen Kiefer fallen.

"Gutes Mädchen."

Er streichelte für einen Moment meine Wange mit dem Rücken seiner Finger.

Dann steckte er seinen Daumen in meinen Mund, befeuchtete ihn mit meiner Zunge und rieb seinen Finger über meine Unterlippe.

"Du bist so verdammt hübsch, meine Dame. Mein Mädchen."

Damit hob er seinen Schwanz und ersetzte seinen Daumen durch den Kopf seines Schwanzes.

"Leck es."

Ich streckte meine Zunge heraus und bedeckte die Spitze mit meinem Speichel.

Er rieb seinen Schwanz von einer Seite zur anderen und um meine Lippen.

Und dann stöhnte ich.

"Was mache ich jetzt mit den Geräuschen, die du machst?"

Er umfasste mein Kinn, zog sanft daran, dass ich mich weiter öffnete, und schob dann seinen Schwanz in meinen Mund, bis er auf meiner Zunge ruhte.

"Ja, das könnte funktionieren, um dich zum Schweigen zu bringen."

Ich blinzelte, hielt aber meine Augen auf sein Gesicht gerichtet.

In seinem Lächeln konnte ich mein Spiegelbild in seiner Brille sehen und ich stöhnte erneut.

Er schob seinen Schwanz tiefer in meinen Mund und ließ mich würgen.

Er zog sich langsam zurück und ging dann wieder hinein.

Immer wieder füllte er meinen Mund und seine steife Haut rieb an meinen nassen Lippen.

Er zog sich vollständig zurück und schlug seinen Schwanz ein paar Mal gegen meine Lippen.

"Tief durchatmen."

Ich schloss meinen Mund und schluckte, schmeckte meine eigenen Flüssigkeiten und ihr Precum auf meiner Zunge und öffnete es dann wieder.

"Was für ein gutes Mädchen."

Er fuhr fort, seinen Schwanz wieder in meinen Mund zu schieben, seine Hände auf beiden Seiten meines Kopfes.

Dann schob er seine Hüften von einer Seite zur anderen und fickte meinen Mund, als hätte er meine Muschi.

Er fuhr einige lange Minuten fort, packte meine Haare jetzt mit einer Hand und hielt meinen Kopf zurück.

Von Zeit zu Zeit sagte er mir, ich solle nur die Krone lutschen oder lecken.

Und er hörte manchmal auf, vergrub seinen Schwanz so tief, dass ich ihn in meinem Hals spüren konnte und ich spürte seine Eier an meinem Kinn, der würzige Geruch seiner Männlichkeit drang in meine Nase ein.

Er bückte sich und drückte mehrmals meine Brustwarze oder streichelte meine Brust, aber er brauchte nie zu lange und füllte meinen Mund immer wieder mit seinem Schwanz in der Tiefe und Geschwindigkeit, die ich wünschte.

Ich beschwerte mich und wimmerte, aber die Geräusche, die ich jetzt machte, waren gedämpft.

Und die ganze Zeit flüsterte er ermutigende Worte.

"Das ist das gute Mädchen deines Herrn. Gott, es fühlt sich so gut an, wenn dein Mund um meinen Schwanz gewickelt ist. Ja Baby. So. Mmmm. Weiter so."

Bei all dieser Bewegung glitt meine Brille über meine Nase.

"Schau mich an, Kleiner. Oh Baby, du bist so verdammt heiß. Mein Schwanz in deinem Mund, deine Augen auf mich. Du bist so hilflos, meiner Gnade ausgeliefert. Und diese Brille. Oh Scheiße!"

Er fickte mich noch ein paar Mal und dann spürte ich, wie sein heißes Sperma meinen Hals traf.

Er hielt meinen Kopf ruhig, sein Schwanz drückte gegen meine Zunge und das Dach meines Mundes.

Als er fertig war, sagte er:

"Leck es. Mach es sauber, Baby."

Ich tat mein Bestes, ohne meine Hände zu benutzen.

"Das ist mein gutes Mädchen."

Er streichelte meine Haare, bis er zufrieden war.

Er half mir auf die Beine und setzte mich auf den Schreibtisch.

Bevor ich reagieren konnte, steckte er eine Hand in meine Muschi und bedeckte meinen Mund mit seiner, wodurch mein Überraschungsschrei zum Schweigen gebracht wurde.

Seine andere Hand bedeckte eine meiner Brüste und streichelte schließlich meine schmerzende Brustwarze unter seiner Handfläche.

"Komm für deinen Herrn, Baby", flüsterte er, als er mich atmen ließ.

Dann küsste er mich wieder und drückte seine Zunge gegen meine, während seine Finger mit meinem Kitzler spielten.

Diesmal stieg ich auf diese Klippe und fiel schließlich, mein Körper zitterte darunter.

Er schluckte meine Schreie, sein Körper bedeckte meinen und drückte mich gegen den Schreibtisch und die Wand, bis ich noch unter ihm war.

Ich blinzelte, als er zurücktrat, seinen Schwanz weglegte und seine Kleidung glättete.

Er half mir wieder auf die Beine und löste meine Handgelenke.

"Zieh dich an, Kleiner. Repariere deine Haare."

Ich hob benommen meine Kleidung vom Boden auf.

Ich band meine Haare schnell zu einem Knoten zusammen und richtete meine Brille auf.

Als ich wieder gepflegt war, umfasste sie meine Wange und lächelte mich an.

"Nun zu dem Buch, nach dem ich gesucht habe ..."

Ich räusperte mich und zog zufällig ein Buch aus dem Regal.

"Ich denke, das ist das, was Sie wollten, Sir. Es war die ganze Zeit hier zu sehen."

"Was für ein Grund sind Sie, Miss. Ich bin so froh, dass es eine kompetente Bibliothekarin gibt, wenn sie gebraucht wird."

"Wann immer Sie wollen, Sir", lächelte ich ihn an und trat aus den Regalen. "Wann immer du willst, soll ich dir in allem dienen, was du brauchst."

ENDE

www.ingramcontent.com/pod-product-compliance
Lightning Source LLC
LaVergne TN
LVHW091103150826
845673LV00002B/707

* 9 7 9 8 2 3 0 9 6 2 4 2 7 *